SHRAPNEL

Rugadh Tormod Caimbeul ann an Nis ann an 1942. Bha e ag obair ann an Glaschu agus an Dùn Èideann agus air a' chroit aig an taigh, agus ann an 1966 chaidh e a dh'Oilthigh Dhùn Èideann is rinn e ceum. Thug e an uair sin a-mach a bhith na mhaighstir-sgoile, agus bha e a' teagasg ann an Sgoil Phenilee an Glaschu, an Sgoil an Ìochdair an Uibhist a Deas agus an Sgoil Lìonail an Nis. Tha e cuideachd air a bhith na Sgrìobhadair ann an Sabhal Mòr Ostaig agus aig Comhairle nan Eilean Siar.

An-uiridh dh'fhoillsich Acair cruinneachadh de dhuanagan chloinne a dheasaich e, *Air Do Bhonnagan, a Ghaoil*, agus tha e fhèin air grunn math leabhraichean a sgrìobhadh do dh'òigridh: *Uilleam Bàn agus an Iolair* (Cliath, 1977), *Dòmhnall MacDhòmhnaill MacDhòmhnaill* (Acair, 1980), *Gearra-nan-Craobh 's an Cladach* (leabhran is cèiseag: An Comunn Gàidhealach, 1991), *Aisling Chatrìona, Cathal Garg agus a' Hearach* is *Doileag Anna Mìcheil* (Druim Fraoich, 1991), *Hostail agus Sgeulachdan Eile* (Roinn Foghlaim Chomhairle nan Eilean, 1992), *Am Pìobaire agus an Croitear agus na Dolomites* (Acair, 2000).

Tha Tormod cuideachd air dà leabhar do dh'inbhich a thoirt a-mach: *Deireadh an Fhoghair* (Chambers, 1979), nobhail, agus *An Naidheachd bhon Taigh* (Cànan, 1994), cruinneachadh de sgeulachdan is de bhàrdachd.

Shrapnel

Tormod Caimbeul

CLÀR

CLÀR

Foillsichte le CLÀR, Station House, Deimhidh,
Inbhir Nis IV2 5XQ Alba

A' chiad chlò 2006

Air a chur ann an clò Minion
le Edderston Book Design, Baile nam Puball.
Air a chlò-bhualadh le Creative Print and Design, Ebbw Vale, A' Chuimrigh

Tha clàr-fhiosrachadh foillseachaidh dhan leabhar seo
ri fhaighinn bho Leabharlann Bhreatainn

LAGE/ISBN: 1-900901-26-9
ISBN-13: 978 1-900901-26-9

ÙR-SGEUL

Tha amas sònraichte aig Ùr-Sgeul – rosg Gàidhlig ùr do dh'inbhich a bhrosnachadh agus a chur an clò. Bhathar a' faireachdainn gu robh beàrn mhòr an seo agus, an co-bhonn ri foillsichearan Gàidhlig, ghabh Comhairle nan Leabhraichean oirre feuchainn ris a' bheàrn a lìonadh. Fhuaireadh taic tro Chomhairle nan Ealain agus bho Bhòrd na Gàidhlig (Alba) gus seo a chur air bhonn. A-nis tha sreath ùr ga chur fa chomhair leughadairean – nobhailean, sgeulachdan goirid, eachdraidh-beatha is eile.

Ùr-Sgeul: sgrìobhadh làidir ùidheil – tha sinn an dòchas gun còrd e ribh.
www.ur-sgeul.com

Dha CVL

1

Donati's

Càit eile, cà saoileadh tu, ach aig cuntair a' bhàir a' tràghadh nam bourbons. Très bon! Ach greis na bu tràithe gu robh Eòin Iosèphus Mac-a-phì aig mo tholl-cluaise, mo tholl-claisneachd, le torman muladach a' spùtadh a' chianalais all over the goddamn shop, Fatsboy Donati na shruthanan fallais a' cumail glainne bho ghlainne ris.

— Nam bithinn-s' an-dràsd aig baile, arsa Eòin Iosèphus, an t-sròin aige làn smuig – cò chuireadh iongnadh oirre leis a' bhroileis a bha na cheann? – nam bithinn aig dachaigh, ars esan, a' cluinntinn ceòl na smeòraich air Àirigh Mhic a' Pheadarain . . . Bha sin math gu leòr leamsa nam fanadh e aig Mac a' Pheadarain, a shuidheadh na dhrathars ann an doras an taigh-mòintich, a' tachais a ghobhail 's a' marbhadh chuileagan.

— Siuthad, thuirt mi ris 's mi a' lasadh corona, bruidhinn air Mac a' Pheadarain, a chaill a bhriogais ann am Boulogne, a chaidh ceàrr ann am Buenos Aires. Ach am bruidhneadh.

Air a' cheathramh doublar thòisich am pure bull: na glinn agus na mullaich, sruthain is lòin agus òban agus òsan, fraoch à Rònaigh agus fàileadh na mònach; crodh, caoraich agus fèidh, 's bidh sprèidh againn air àirigh; a' ghrian a' dol sìos 's a' ghrian a' tighinn suas – bloighean òrain air dhroch chagnadh air an tilgeadh thugam mar bhìdeagan hama 's ugh a thigeadh frasach o bheul bràthair m' athar 's e lachanaich an ceann a' bhùird. B' fheàrr cluais na buidhreachd a bhith riutha.

Tha 'n t-slighe dubh 's an t-alltan dubh,
'S chan urrainn mi dol thairis air, sheinn Eòin Iosèphus.

— A Dhia, ars esan, eh? Le bhagairtich 's a bhùirich. 'S an aithne dhut am fear seo:

Thèid mi NULL gu tìr mo rùin,
Thèid mi NULL thar an aiseig . . .

— Easy now, thuirt Fatsboy Donati, a chunnaic Eòin Iosèphus a' sileadh nan deur, 's cha b' ann aon uair. Cha mhòr nach do chuir e fhèin suas bèic, Fatsboy – aig Dia tha fios carson – a chaidh a thogail air *Obair Opera, Eine Kleine Nachtmusik* agus an gaisgeach ud, Caruso. Dè dhàsan gu faiceadh Mac-a-phì O thì nam mòr-bheannan, 's gu robh sac air a chridhe nach dèanadh lighiche eutrom?

Cà 'n d'fhuair Eòin Iosèphus na h-òrain gun dòchas sin ach bho sheanmhair, thuirt e. Bha sin ceart gu leòr leamsa nam bruidhneadh e air a sheanmhair, a thug a-mach na h-iseanan fo bhlàths na plangaid an latha a thachdadh a' chearc-ghuire ris an goirte MacGovaran.

— Bruidhinn air do sheanmhair, thuirt mi ris. Am

bruidhneadh. Dh'fhalbh e aig 19.27 as dèidh 'Bràighe Loch Iall', far an robh 'cearban nan stùc gu lùthmhor langan' agus, a' dol a-mach an doras, 'Tog orm mo phìob 's mi leam fhìn, thèid mi dhachaigh a Chrò Chinn Tàile'.

Dheigheadh siud! Bhiodh e an ceartuair anns a' Bhlack Bull còmhla ri Beatrice agus a' Chailleach Bheag, an còmhradh salach thar creideis agus tlachdmhor thar tomhais, gus an dìobradh Beatrice, gus an dìobhradh a' Chailleach, Eòin Iosèphus a' seinn:

Am port a bh' aig na feadagan
Dol seachad air Dùn Èideann . . .

Oidhche Haoine, tràth fhathast. Cha robh a-staigh ach an àbhaist, cho sgràthail 's a chaidh a-riamh am briogais chorduroy no a chòta mahogany. Na shuidhe aig a' chuntair le shròin anns a' phàipear bha an Sasannach. Agus na sheasamh aig a' cheann shuas an duine a bha a' gleidheadh na h-òige fhad 's nach fhaiceadh tu na casan aige. Duine sàmhach a bh' anns an t-Sasannach. Uaireannan chanadh e, "Good evening" no "Good morning", agus aon uair thuit e bhon stòl an comhair a chùil chun an làir agus bha na speuclanan tòin-screwtop aige tarsainn cam mu mhaoil 's e ga fhaighinn fhèin ag amharc suas ceathramhan Ella a' Special Vat.

Christ! thuirt e, don't move me!

Hic! leig an duine a bha a' gleidheadh na h-òige, a' priobadh orm, a' gnogadh a chinn, a' breabail a mholan. Ella a' Special Vat gu socrach a' gluasad a casan bho chèile.

Hic! Esan leis an othail, an aon othail 's a bhiodh air a h-uile h-uair a thigeadh boireannach chun a' chuntair. Nam biodh tu ri thaobh, bhiodh na h-uilnean ort: Eh? An tè sin . . .

cìochan . . . dè? 'S dheanadh e slòpraich iongantach sa phinnt.
Nam bruidhneadh tè ris, dheigheadh e air mhiathapadh 's cha
b' urrainn dha a phinnt òl leis a' chrith a bhiodh na làmhan.
Nuair a dh'fhalbhadh i, dh'òladh e làdach Johnnie Walker agus
an uair sin dh'innseadh e mar a gheibheadh e i fon chuibhrig
mus biodh an oidhche a-mach. Mus biodh an oidhche a-mach,
bhiodh esan a-mach.

Sin co-dhiù na bha aig a' chuntair. Triùir. Agus Fatsboy a-null
's a-nall mu ar coinneamh. A' seinn 'Arrivaderci Roma!' agus 'I
Wanna Be Bobby's Girl'.

Thug mi sùil mun cuairt. Bha dithis aig a' bhòrd a b' fhaide
shuas air mo làimh dheis: an Uireasbhaidh Gnùis agus Murphy.
Bha an cù, Rastus, na shuain fon bhòrd mar bu nòs, plastered.
Bha iad a' sgrios am maoin air na h-eich, an dithis ud; luideag
de phàipear aca agus bloigh pinseil a bh' ann an cluais taisgeil
na h-Uireasbhaidh a bhiodh Murphy a' fliuchadh le slabaid de
theanga air an robh broth buidhe na mì-stiùireachd. Cha robh
a' chonnspaid fad' às uair sam bith, 's cha do shoirbhich leotha
a-riamh bhon latha a bhuannaich Owen Anthony rus nan trì
uairean aig Haydock, suas ri deich bliadhna fichead bhuaithe,
deich nota fichead 's a trì.

Chaidh Murphy a lorg ann an cladh, air uachdar na talmhainn,
gun chòta, gun bhròig.

Dh'fhosgail an Uireasbhaidh a shùilean trom silteach anns an
Infirmary, gu math infirm. Bha snàthadan anns gach gàirdean,
pìoban caola a' falbh bho gach taobh dheth gu botail a bha a'
glugadaich os a chionn a' brùchdail mu bhonn na leap. Bha iad
a' cur fuil agus uisge saillt dhan chlosaich. Sheall mi ris a' chairt
aige.

Well, ars esan. Well, then?

A' haemoglobin agad, arsa mise, na mo ghuth taigh-fhaire.
Tha e 'n taigh a' choin.

Haemogoblin? ars esan. Ach mus d' fhuair mi air a fhreagairt
thàinig luchd nan trusgan geala le tiùb rubair, a stob iad suas a
shròin agus sìos chun na stamaig aige. Stamag a bha na cùis-
iongnaidh, mar an t-iarann.

— Two nips! dh'èigh Murphy. On the double!

— Two doubles! dh'èigh an Uireasbhaidh Gnùis. Dh'fhosgail
Rastus sùil, agus dhùin.

Cha robh duine aig an dà bhòrd a bha eadar iad agus uinneag
na sràide. Na shuidhe anns an uinneig, a ghlùinean ri chèile, a
shùilean sgleòthach ag amharc air neoinitheachd, bha William
C.B.W. Robertson.

— Tha thu an siud, a MhicDhonnchaidh! arsa mise.

— Yeah, ars esan, a' togail làmh, shit, man.

Cha robh math a dhol na chòmhradh. Bha e fada, fad' air
falbh. Ach bhiodh lathaichean math aige – cha b' ann tric, ach
bhiodh iad ann – agus air aon dha na lathaichean sin, cho fuar
ris a' phuinnsean ann an Dùbhlachd a' gheamhraidh, 's gun
ann ach an dithis againn air a' mhinestrone, dh'innis e dhomh
beagan mu dheidhinn fhèin. Thug e dhomh sealladh air saoghal
eile. Fosgladh sùl dhòmhsa, nach deach na bu mhiosa ann an
tùs a lathaichean na briseadh trì copanan geala, còig copanan
donna pòla na teileagraf, agus clach a chur tro uinneag Anna
Bùrn, agus làn a chròig a mhorghan a thoirt dha Iain nan Loch
an clàr an aodainn, agus seailltainn suas sgiorta chlò na leadaidh-
miseanaraidh agus sìos dhan ghleann a bha fo liberty-bodice
m' antaidh Mèireag, agus na rudan aig cruach-mhònach Ailig

còmhla ri Margaret Mary Mackinnon . . . Cha robh iad sin ach naomh an taca ri eachdraidh C.B.W.

Conn, Bauld, Wardhaugh, thuirt e. Athar a rinn an gnìomh, esan a dh'fhuiling. Cha robh e glè fhada san fhoghlam san Àrd-Sgoil nuair a thàinig iad an tòir air: cnapanach cafach ruadh gun amhaich dam b' ainm O'Reilly agus, na chois, a dhà bhràthair agus cùis-uabhais air an robh Wee Slash agus dà nighean chnàmhach air an robh dreach a' bhàis – Betty Colquhoun, a casan suas gu h-achlaisean, agus Veronica McVie, a' cagnadh gum 's a' tilgeadh smugaidean. Bhiodh iad ga thogail às an sgoil agus a' falbh leis tro shràidean-cùil gu cùiltean dorcha a bha uair nan taighean-còmhnaidh, a-nis fuaraidh aog, air an gànrachadh le botail is canaichean, pocannan plastaig, pacaidean fags, crisps, condoms nan gaorr fo do chasan, còinneach a' sgaoileadh na ghaorr bog air na ballachan, am pàipear 's am plasterboard a' falbh na stiallan dheth. Bhiodh iad gan riarachadh fhèin ann agus bha fàileadh geur an dubh-shalchair a' glacadh d' anail.

Turns me on, chanadh Betty Colquhoun, a' tarraing na briogais dheth.

Ach O'Reilly bu mhiosa. O'Reilly, air a riaghladh leis an diabhal, a bha riaghladh.

Conn, Bauld, Wardhaugh, ya toss!

Cheangladh iad e agus stopadh iad a bheul le ragaichean.

Bha pliers aig O'Reilly.

Bha sgian aig Wee Slash.

Bha an dàir air an dà nighean.

Agus dh'fhosgladh na h-O'Reillys bheaga na zips aca, a' leigeil làn an aotromain na steall teth air aodann.

Lean seo tro mhìosan oillteil a' gheamhraidh, agus an ath

gheamhradh cuideachd. Thàinig e gu làidir a-steach air e fhèin a chrochadh, a thilgeadh fhèin bho dhrochaid sam bith, a cheann a shìneadh air an rèile dhan trèana bu luaithe a thigeadh à Lunnainn. Ach cha leigeadh an t-eagal dha. Thuirt O'Reilly gu marbhadh esan e: gun gearradh e an ceann dheth agus na casan; gun cuireadh e na pìosan ann am pocannan plastaig ann am pàipear ruadh air a' phost gu mhàthar. Bha e coma. Co-dhiù, cha robh màthair aige, no athair. Agus dhùisg sin truas no rudeigin annta, agus aon latha soilleir do-thuigsinneach earraich ghabh iad ris le càirdeas agus blàths, le snàthadan agus spàinean agus an leigheas ro ionmholta sin a shlànaicheadh a chreuchdan, a bheireadh fuasgladh agus furtachd dha na fheum.

Oh, ya poor wee soul! Betty a' gal. O'Reilly a' cur a ghàirdeanan timcheall air, ga chlàbhadh.

Ye're one of ours, Willie. Wee Slash air an làr a' clàbhadh Veronica agus na balaich bheaga air faomadh seachad.

Às dèidh sin, thug e mach a cheàrd na mhèirleach 's bha e na b' ealanta air an obair na duine aca. Brains, ye ken.

Agus an-diugh, bha iad mòr.

Agus O'Reilly, bha e marbh.

O Rowan Tree, O Rowan Tree, sheinn C.B.W. mus deach an duslach gu duslach. Guth briste. Thàinig sitrich bho Fatsboy, 's b' fheudar dhomh a' bhròg a thoirt dha mun lurgainn. Thuirt mi ris a bhith duineil: Be a man! thuirt mi ris. Bu dìomhain dhomh. Nuair a leig Murphy ràn às: O Danny boy, the pipes, the pipes . . . thàinig ràn bho Fatsboy mar an ceudna. 'S chuir sin Murphy suas chun nan àrd-speuran, a shùilean dùinte, a bhroilleach a-mach, cha do smaoinich e a-riamh gum biodh a leithid a bhuaidh aig a ghuth-san air duine no ainmhidh.

And you will KNEEEL! dh'èigh Murphy le cridhe cràidh-
teach.

Jesus Christ, thuirt an Sasannach, fineach bhon bhroinn.

'S an robh iad a' caoineadh aig tòrradh O'Reilly? O, bha. A'
chlann-nighean chaol agus na balaich chafach ruadh. Agus Wee
Slash. Agus Wee Billy Boag – an creideadh tu? Billy Boag, le
sruth bho shròin, a' caoidh O'Reilly, ged nach robh eatarra san
t-saoghal chaochlaideach seo ach droch cainnt, tàir is toibheum.
'S thuirt bean Boag nach robh ann ach gin, gun dh'òl e fhèin agus
Bella Strachan botal Beefeater 's dè 'n còrr a-rèisd a dh'iarradh tu
agus co-dhiù nach robh ann am Billy ach am bloody hypocrite
mar a mhàthair roimhe!

Edna Boagalaidh. What a woman!

Bha i na suidhe aig a' cheann shìos anns an t-sèithear aice
fhèin aig a' bhòrd aice fhèin, an teaghlach aice fhèin mun cuairt
dhith. Cha robh Billy Boag ann, cha b' e sin teaghlach. Cha b'
e sin fiù 's duine, ged a bha i pòsd' aige trì bliadhna deug thar
fhichead, ochd mìosan agus còig latha chun an latha a thòisich
e a' spliutaireachd ri Marlene Broun – "See thon?" – a' crògalais
ann am boilersuit na Caillich Bhig, agus ag òl a h-uile Diardaoin
còmhla ri Bella Strachan.

Timcheall mun bhòrd aice, bòrd Edna, bha a piuthar agus an
duine; a piuthar eile agus an duine aicese; a bràthair leis an làrach
air a mhaoil; a bràthair John Tom, a chaill an t-sùil; a bràthair a
b' òige leis a' bhoireannach leis a' chat; agus am bràthair fionnach
– fàinneachan is grìogagan 's a lèine fosgailte chun na h-ilmeig
– a bhiodh a' seinn 'Sixteen Tons' agus 'River, Stay Away from
Ma Doh'.

Cuideachd, bha cuid dha na càirdean a-staigh: dithis mhac

le bràthair a h-athar, a' cluiche pool; am bràthair-athar nach do phòs a-riamh, cha b' e bh' aige ri dhèanamh; agus oghaichean agus dubh-oghaichean le ainmeannan mar Ryan, Denise, Shane agus Shelley, agus gille a bhuineadh dha na Boags air an robh Alex Roddy Boag – cha chreid mi nach ann le leth-phiuthar dha Billy a thuit le eilthireach a chaill a chùrs.

— Càil a dh'fhios, arsa mise, nach ann le Mac a' Pheadarain a tha e.

— Cò? arsa Eòin Iosèphus, air tilleadh. Cò, ma-tà? Who, what? Wherefore although the earth be moved.

Bha a' ghràisg a' dòrtadh a-steach. Thàinig Maria Carlotta, màthair Fatsboy, a-steach bhon chidsin le na pizzas a bhiodh i fhèin 's an duine aice, Francesco, a' deanamh. Fat Frank.

Bha òraid aige:

You drink, drink, drink, nothing but drink all the time and kill yourself – liver, kidneys, all pickled, yes. And the ulcers, ah, amico mio! The indigestion! Now, you eat – I teach you – you eata pizza, my pizza, eat one, two, eat three! Why not? Liver an' all that okay, right as rain eh? – drink till the fuckin' cows come home!

Bonnaich bheaga a bh' annta, a ghleidheadh tu na do bhois. Bonnaich-boise, le liacradh math de thomàto agus càis. Mura biodh sin a rèir do mhiann, bha ravioli aca, agus bolognaise, agus làn do bhroinn a mhinestrone nuair a thionndaidheadh i gu fuachd.

— You eat now, thuirt Maria roly-poly Carlotta ri Eòin bior-fuilt Mac-a-phì. Eat a pizza, you skinny teuchter man. Always drunk, you die soon – phssst!

— Bonnach flùir, a m' eudail, arsa Eòin Iosèphus, a' togail fonn:

. . . le ìm is gruth is bàrr,
Am biadh air an robh sinn eòlach
An tìr nam beanntan àrd!

— Leòdhas nam beann àrd, arsa mise.

Sheall e rium le car na cheann agus chrath e corrag nam aodann.

— Stapag, thuirt e. 'Eil fhios agad dè bha sin? Hah!

Rug mi air bhroilleach air, thog mi bho chasan e, chuir mi mo dhòrn ri bhus.

— Na bruidhinn riumsa, arsa mise, fhad 's as beò thu, air stapag no air stiùireag no air sgudal sam bith eile a bh' aig do sheanair ann an taigh do sheanar. Chan eil diù daing agam dè bh' annta, dè nach robh annta. Thoireadh iad taigh mòr na galla orra, agus tu fhèin leotha!

Leig mi sìos e. Sheall e rium fo na mùdan, car na cheann.

— Bonnach-iomaineach, ars esan.

Chaidh mi dhan taigh-mhùin mus dèanainn call. Mus caillinn e.

Chunnaic mi, anns an dol seachad dhomh, a' Chailleach Bheag a' cur dhith ri Edna Boag. Dh'aithnich mi air coltas nan càirdean gu robh a còmhradh a-mach à àite mar a b' àbhaist. Cha b' e nach cumadh Edna ceann a' mhaide rithe latha sam bith nuair a thogradh i fhèin. Chunnacas oidhcheannan: Ah, theireadh an Sasannach, a' pasgadh air falbh a' phàipeir, it's cabaret time.

Hic!

A-nochd, ge-tà, cha robh Edna a' gabhail a' bhiathaidh, ach bha am fear ùr aice – retired Detective-sergeant – air a ghrad-uabhasachadh, aghaidh air sèid. Balg-sèid.

Sheas mi eadar Billy Boag (dongalair) agus Murphy (faochag)

agus bheachd-smuainich mi air an Detective-sergeant seo, retired.
Thàinig earrainn thugam:

A bhuidheach, na tig,
No idir an dìobhairt!

Ach thàinig e a Dhonati's, an aon àite san robh mo cheòl-gàire,
far am bàthainn mo mhulad le bourbons, 's nam b' fheudar, le
mescal agus crême de meth. Carson nach robh e mar a leithidean
eile, a fhuair am peinnsean aig aois a' pheinnsein: na chàrdagan
ag obair anns a' ghàrradh; ann am meadhan pàirce air being a'
biathadh dhruidean; no a' tuiteam marbh air an trìtheamh gath-
cridhe, an grèim ud a thig gu grad? Sin mar bu chòir, 's cha b' e a
bhith bòstaireachd anns an aon taigh-òsda a bha dhòmhsa mar
dhachaigh.

Ach bha a sheòrsa a-riamh ann, air mo chuairt-sa co-dhiù.
Nuair a shaoilinn a bhiodh gach nì a rèir mo mhiann – ceòl air
mo bhilean, mo cheum aotrom – dh'fheumadh cuideigin, cù a
choreigin, ceann a thogail. Agus mus seallainn rium fhìn, bhiodh
gach saorsainn is sòlas a bh' agam ann a' sileadh air falbh mar an
fheamainn ris a' chloich. Chuimhnich mi air cuid dhiubh anns
an t-seasamh ud:

William James Smith, leis a' ghàire – dùirn agus uilt agus gob
na bròige – O mo chorp, mo chreuchdan!

An Gad-droma, sùil a' mhurtair;

am boireannach ruadh a bha gam leantainn, a' buntainn ri
mo chiall 's mo reusan;

Clegg biorach nam briathran mìn, bior am thaobh, bior am
thaobh . . .

Guidheam sgiolladh craicinn dhaibh uile, lotan dubh san
fheòil agus teasach cinn.

Agus a-nis fhathast – mo lathaichean nan ruith orm – an deuchainn 's an t-eu-dòchas seo. Bha sporan aige, 's bhiodh e a' ceasnachadh Fat Frank mu phrìs nam pizzas aige, prìs na dibhe, 's carson a fhuair Billy Boag barrachd bolognaise airsan, carson a' chruaic ud air beulaibh an t-Sasannaich? Bhiodh e a' ceasnachadh agus a' gabhail gnothaich 's cha b' ann le rùn math sam bith. Agus na bu mhiosa na sin, bha e làidir agus cunnartach. Aon fheasgar, an dèidh sruth de cheistean mì-mhodhail mun Incapacity Benefit aige, thuirt Eòin Iosèphus ris e taigh na bids' a thoirt air.

Get stuffed, arsa Eòin Iosèphus.

Rug e air, ma-tha, fon achlais. Agus dh'fhàisg e. Agus dh'fhosgail beul Eòin Iosèphus 's thàinig torghan bàis bhuaithe. Thàinig e a-steach orm fhìn a' toirt dha mu chùl na h-amhaich, ach thionndaidh e thugam. Chuir e an aghaidh phlaosgach suas rim aodann:

Don't even think about it, sonny, ars esan, a' sealltainn dhomh fhiaclan buidhe-uaine gun aon bheàrna.

Tha mo ghàirdean buggered, arsa Eòin Iosèphus. Saoil an caochail mac an diabhail a dh'aithghearr?

Cha chaochladh. Cha bhi mastaig dha sheòrsa a' bàsachadh ann. Agus smaoinich mi gur e Edna Boag, an tràill, a bha ga fhàgail ann an Donati's – Edna a' dìoladh air Billy Goat. 'S thàinig earrainn thugam dha Edna: 'S fheàrr an t-olc eòlach na 'n t-olc aineolach. Agus smaoinich mi an uair sin – spriotagan agus crathadh làimhe – gur h-iongantach gun deach uimhir a smaoineachadh a dhèanamh a-riamh 's a rinn mise sa ghreiseag ud ann an aona steall.

Mach leam.

Mach leam dhan t-sionagog!

'S gann gun d' rinn mi an doras dheth nuair a dh'aithnich mi gu robh an diabhal anns an teant.

Cabaret time!

Cha tug na thachair glè fhada – còig mionaidean air a' char a b' fhaide – ach thachair gu leòr.

Chunnaic mi am bonnach-boise a' teàrnadh thugam, mar an t-slige. Chrùb mi agus chaidh e na sgiodar ri ursainn an dorais air mo chùl. Air mo bheulaibh bha a' Chailleach Bheag, a gàirdeanan an àirde 's i ga dìon fhèin bhon sprùilleach a bha iad a' frasadh oirre – Edna a' toirt nan òrdugh, na Traceys agus na Waynes a' tuiteam mu chèile leis a' ghàireachdainn.

By chove! thuirt a' Chailleach, a' togail a cinn. Agus an ath rud, bha i a' treabhadh tromhpa 's a' dèanamh air sgòrnan Sixteen Tons. Chaidh na bùird thairis air Edna 's na peathraichean 's am boireannach leis a' chat 's an cat. Dhòirt pinntean nam bràithrean 's nam bràithrean-cèile air sgiortaichean polyester, geansaidhean acrylic lace-effect air am baisteadh le G & T air an còmhdach le stùr a' Lambert and Butler. Bha glainneachan nan sgàrd air an làr, bìdeagan bolognaise, slisneagan lemon a' seòladh ann an lòn de leann a bha a' sgaoileadh na chop mu na brògan a b' fheàrr a bh' aca.

— Bids! dh'èigh Edna. Leum an cat oirre. Rug an Detective-sergeant air a' chat air ghoic amhaich agus shad e air falbh e. Leum am boireannach leis an robh an cat air an Detective-sergeant. Fat bastard! Chuir esan a chròg mhòr hama air a broilleach agus phut e i agus thuit i gu cùl a dh'uchd Edna. Thuit Edna. Pictures for nothing.

— Sliasaidean, eh? thuirt an duine a bha a' gleidheadh na h-òige.

— Christ! thuirt an Sasannach.

Sheinn Fatsboy: Dilegua, o notte! Tramontante, stelle!

Sheinn Murphy: All'alba, vincerò! Vincerò!

Sheinn an cù: A-hùù! Vibrato. Cò dh'iarradh brosnachadh ach siud! Dheighinn dhan chath, bheirinn dha i mu chùl na h-amhaich once an' for all, beatha no bàs, amèn.

Ach bha am bràthair a b' òige, pòsd' aig tè a' chait, ann romham. Chuir e a chorrag ann an sùil an Detective-sergeant. Leig an Detective-sergeant mothart às: OEUF! Shil an t-sùil. Ann am priobadh na sùla eile, bha Billy Boag mar am muncaidh casa-gòbhlagan air dhruim air. Chuir am bràthair a b' òige a chorrag dhan t-sùil aigesan cuideachd. Cha b' e a' chòir ach an eucoir.

Thuirt an t-òranaiche Iosèphus gu feumadh e dhol dhan eadraigeadh. Thuirt e gu feumadh esan cobhair a dhèanamh air a charaid, a' Chailleach Bheag. Agus chunnaic mi an sruth iorghallach a' falbh leis. Chaidh a thogail 's a chrathadh, a thulgadh 's a spadadh 's a shadadh air ais gu tìr.

— Dhia beannaich mi, ars esan, briste brùite a' tilleadh. Curaidh nach robh ullamh acfhainneach.

— Faca tu a' Chailleach air do thriall? dh'fheòraich mi dheth. Chan fhaca. Bha i anns an taigh-cartaidh leis an fhear fhionnach. Bha 'n doras glaiste.

Agus glòir na gràisg ud a' dol na b' àirde – cha b' e siud an ceòl a b' àill leam, a chaidh a thogail air Jimmy Shand agus pìobaireachd Dhòmhnaill Duibh.

Bastard!

Wanker!

Away, ya pishpot, ya slag, ya grotty ould hoor, ya!

An duine a b' fheàrr air guidheachdan a chunna mi a-riamh

– Harry Beag Eanraig, Benview, Na h-Alltan Starrach: cha chuireadh e maide nam pàirt. Dh'innsinn dhuibh mu Harry Beag nan ceadaicheadh an tìde dhomh – Harry Beag Bod-Eanraig, mac an ànraidh … Ach àm eile, 's dòcha, bourbonics eile. An ceartuair bha i air tionndadh doineannach, dùbhraidh: cuthalaich mo chrìch 's mo lèirsgrios, mìle marbhphaisg air gach balgaire a bh' ac' ann!

Bha Alex Roddy Boag air a shaltairt fo na casan aca. Bha ceann Wee Slash a' coimhead a-mach bho achlais an fhir nach do phòs a-riamh – fuil ri shròin, toileachas na ghnùis. Bha Bella Strachan a' tarraing sìos briogais bràthair-cèile Edna, pòst' aig a piuthar bu shine. Bha i air ruighinn clais na tòine. Bha duine nach do dh'aithnich duine a' tachdadh am bràthair-cèile eile. Thàinig Fat Frank a-mach bhon chidsin le peile agus mop. Thàinig Maria Carlotta le clìobhair na feòla.

— I will kill them! thuirt Maria Carlotta. Agus riumsa: Come on, you help.

Sheall mi rithe. Sheall mi riutha. Bha Fatsboy a' seinn:

… *All'alba vincerò!*

Rinn mi ùrnaigh – an ùrnaigh a rinn bodach Chinn Tàile ro Bhlàr Chùil Lodair:

Deònaich, a Dhè, mura bi thu leinn,
nach bi thu nar n-aghaidh.

Sheall Maria Carlotta suas, a' guidhe ri gar bith cò bha shuas:
— What he say, the crazy man?

Spaghetti. Bha mi ann an spaghetti agus ise, Maria Carlotta, gam stiùireadh. Thilg mi sìos am bourbon mu dheireadh ud agus chuir mi aghaidh orra, caol cunnartach na mo chòta fada saighdeir, buidhe glas sìos gu sàil mo dhà bhròig. Chan fhaiceadh iad mo shùilean a bha falaichte fo bhil a' stetsoin 's mi ri lasadh maidse le ìne na h-òrdaig 's a' cur thuige bloigh coròna a bh' ann an còrnair mo bheòil.

Chan eil fhios a'm dè bhuail mi.

Tha mo chuimhne gam thrèigsinn.

Tha fios a'm gun dh'èirich corraich ro iongantach anns an duine John Tom, an t-sùil a bha na cheann air dùsgadh mòr agus iargalta – a bhràthair leis an làrach a' feuchainn ri shocrachadh, a' suathadh ravioli bho dhruim a sheacaid mhòilisginn. Ach cha b' ann riutha a bha mo ghnothaich.

Rug mi air stòl agus chaidh an làmh eile chun na sgithinn.

Sabatier gun ghob, a bha agam na mo stocainn mhoban.

Yeah, yeah, yeah, yeah, thuirt Eli Wallach. Don't take no shit from nobody.

C.B.W. gam choimhead le tiamhaidheachd, a shùilean a' lìonadh.

Tha cuimhn' a'm air sgreuchail nam boireannach, sgiamhail a' chait . . . Maria Carlotta, an t-eagal na guth, a' gul nam chluais: Santa Cielo! Santa Cielo!

Agus an uair sin a' bhuille.

Agus an uair sin na solais a' dol dheth.

2

Infirmary

Ann am marbhanachd na h-oidhche, dh'fhosgail gu h-obann mo shùilean agus dh'fhosgail mo bheul agus leig mi sgreuch na b' àirde na sgreuchail nam boireannach ann an Donati's 's na b' àirde na an sgreuch a leig Tormod Siar nuair a chunnaic e Dubh-Racaidh. Bha mi anns an dearbh leabaidh san robh an Uireasbhaidh Gnùis nuair a chroch iad na pìoban ris! Agus dh'fheumainn faighinn aiste luath anns an spot mus glacainn an clap, niosgaidean agus sgreaban agus at! Leig mi sgreuch eile, a bha na b' àirde na a' chiad tè, agus thàinig nurs na ruith agus poileas gun bhonaid na ruith agus stad iad aig an leabaidh agus dh'aom iad an cinn agus dh'èist iad ri broileis mo chinn-sa:

— Bha e innte! Chunnaic mi a cheann sgrothach air a' chluasaig seo nuair a fhuaireadh Murphy beò am measg nam marbh, deargadan a' leumadaich thall 's a-bhos agus sgreaban man bàirnich crochaichte ri chasan. Chunna mi a chraiceann a' briseadh agus drùis bhuidhe a' sileadh troimhe agus dh'fhairich

mi èaladh man cruimhean nam fheòil suas mo ghàirdeanan
chun nan slinneanan agus mo mheòir a' lobhadh agus fàileadh
loibht closach caorach ga slaodadh à botan, ach fada nas miosa,
mìle uair nas miosa na fail mhuc am fàileadh ud a tha fhathast
gam thachdadh, ann an seo air mo cheangal, air mo cheusadh
air sgàth Dhè, cuidich mi, cuidich fear a ghlanadh a bhodhaig
's a ghobhal 's a dh'fhalbhadh le clobhd-sgùraidh bùrn goileach
carbolic a lorgadh a h-uile pronnag: dèan cobhair orm a-nis am
fheum 's thoir às an toll seo mi, à sloc na bochdainn seo . . .

Ann an càinealachadh an latha dh'fhosgail mo shùilean agus
bha broilleach boireannaich eadar mi is leus. Agus smaoinich mi
air ùth bà a' burstadh le bainne, agus bha dùil agam dòchas gur e
Ella a' Special Vat a bh' ann 's gum biodh botal bourbon aice air
falachd anns a' bhealach ud dhòmhsa.

— À, Ella, mo chuid dhan t-saoghal mhòr. Ach an àite Pish off,
ya toss! labhair guth eile rium à doimhneachd dorch a' bhròin:

— Cò air a tha Ulla agad?

Thug mo chridhe grad-leum às! Stad m' anail, mo bheul
fosgailte mar bheul bròig. Cò bha seo a' tighinn gam chronachadh
le trom-osnaich a chuimhneachadh peacaidhean m' òige dhomh?
Cha b' urrainn dhomh mo shùilean a thogail, ach bhuail e
thugam ann am briseadh fuar-fhallas cò a dh'fhaodadh a bhith
ann, agus anns a' mhionaid dh'èirich iad, tè an dèidh tè dhiubh,
gu h-eagalach romham:

Mrs Carmichael. Car a' mhì-thalamh – Car-mellors – a ceann
air a chìreadh teann gu chùl, an gad iuchraichean air a' chrios
mu meadhan.

Dè rinn thu, a ghrioboin ghràinde, air Joanna Mary
MacCallum?

Mo cheann crom.

Dè rinn thu air a' phàisde?

William James Smith a thug orm . . .

Thèid falbh leat, a shalchair, mar a dh'fhalbh iad le bean an Turcaich, ceangailte ann an cùl na cairt. Agus cluinnear do ghlaodhaich air feadh na sgìre . . .

Maitheanas dhomh, maitheanas dha peacach bochd. Chì mi fhìn Joanna Mary agus sleuchdaidh mi aig a casan agus chan fheuch mi suas a froca samhraidh gu bràth tuilleadh – chan fheuch . . . no suas sgiorta chlò na leadaidh-miseanaraidh.

Rug an leadaidh-miseanaraidh orm 's thug a' chròg mhòr aice brag air toll mo chluais.

Thèid innse dhad athar agus dha do mhàthair. Bheir mise mo ghealladh dhut! ars ise.

Mo shùilean a' sileadh, uisge mo chinn.

Mo mhasladh, agus Ò mo nàire!

Innis dhuinne! arsa balaich bheaga clas na Starraig: innis dhuinn dè chunna tu!

Drathars mhòr lastaig man teant.

Thig an Starrag às do dhèidh leis a' Bhìoball.

Thig Dubh-Racaidh ann am beul a' chomha-thràth.

Maria Carlotta leis a' chlìobhair – O Santa Madonna! Santa Madonna! An fhuil a' sruthadh gu làr.

— Cha bu mhise a rinn e! Mo mhionnan air Dia a th' ann an nèamh!

Agus guth a' bhròin, le truas nam chluais:

— Cò eile a rinn e? An sgian agad a bh' ann.

Ann an ciaradh an fheasgair, dhùisg mi agus bha mi agam fhìn. Cha robh sin furasda: bha gach ball dhem chorp goirt agus ciùrrta; cùl mo chinn steigte ris a' chluasaig, an fhuil air cruadhachadh; agus an rud bu mhiosa, bha m' asnaichean brist' a-rithist! O, m' asnaichean – rinn mi facal ùrnaigh ann an anail cho socair ris an fheur: Deònaich, O Dhè, nach tig sriathart no casd no aileag, no briosgadh sam bith a dh'fhaodadh mo chur fo laige 's mi lag gu leòr . . . Saoghal na pèine, saoghal na galla. Sheall mi 'n-àirde agus thug mi fa-near mo shuidheachadh.

Bha an leabaidh ri mo thaobh falamh.

Bha dà leabaidh tarsainn bhuam, làn. Bha am fear a b' fhaisge dhan doras air a ghlacadh anns an aon seòrsa lìon san robh an Uireasbhaidh, ach cha tigeadh e aiste beò. Bha am fear eile air chùl an *Daily Record*. Thuirt mi ris nach tigeadh an duine a bha ri thaobh às a siud beò. Chuir e sìos am pàipear agus sheall e rium, agus a' bruidhinn bho oisean taisgeil a bheòil dh'fhaighnich e dhomh dè an geall a chuirinn 's am bithinn riaraichte le ceud nota – bhiodh esan. Chan fhaca mi a-riamh aodann cho cam: mar gum biodh an craiceann air a shlaodadh sìos an dàrna taobh, a' falbh leis an t-sùil agus a' teiche a shròin 's a bheul suas air fiaradh chun taobh eile. Dh'aithnich mi gur e stròc a bh' ann agus thuirt mi ris gun cuirinn ceud not' eile air a' gheall nach fhaigheadh esan a-mach beò a bharrachd.

— Done! dh'èigh e, damn all ceàrr air na h-asnaichean aigesan.

— Done! 's chuir e sglongaid mhòr oillteil na bhois, ag iarraidh orm mo shlighe a dheanamh a-null thuige agus an geall a sheulachadh le glac-làimhe. Thuirt mi ris gum b' fheàrr leam mo chorrag a chur nam thòin agus leigeil fead, samhail na sglongaid ud chan fhacas bho chaochail Gerard B. Jaysus anns a' Chowgate. 'S, a riabhach ormsa!, nach aithnicheadh mo liagh

Gerard B. Jaysus, pòitear fìona agus portair, agus deagh charaid
dha mo charaid Murphy. Dh'fhaighnich mi dha an aithnicheadh
e Murphy, caraid dha B. Jaysus agus dhòmhsa cuideachd. Las
an t-sùil aige agus dh'fhaighnich e dhomh am b' ann a' faighn-
eachd *dhàsan* a bha mi an aithnicheadh *esan* Murphy. Dè 'n
t-eòlas a bh' agams' air co-dhiù? Dè 'n t-eòlas a bh' aig duin' idir
air Murphy – meàirleach agus mùidsear agus muineadair, agus
cho seòlta ris a' mhadadh-ruadh. Ach dh'innseadh *esan* a chliù
agus a theist, yes, sir, caraid ann no às, an *crook*! *Cac*! Hoi-oi!
dh'èigh mise, dìleas gu bith-bhuant' agus gu bràth – ach dh'èigh
m' asnaichean mar an ceudna agus chunnaic mi buaileagan
dubha a' dubhadh mo lèirsinn. Bu shuarach sin leis an òraid-
iche a bha thall. Thog e làmh chnàmhach rium agus sgaoil e na
spuirean: air a' chunntadh mu dheireadh, ars esan, a' cunntadh,
bha £2,781·53p aig Murphy, am madadh, ri thoirt dha, £2,907·47p
le riadh, 's ged nach robh calculator aige bha ceann math air
a-riamh airson figearan – mental arithmetic, like. Dh'fhaighnich
mi dha dè an t-ainm a bh' air, an e Einstein? Sheall e leis an t-sùil
– suas, sìos, thall 's a-bhos, gach taobh ach fon leabaidh. Dh'èisd
e leis an dà chluais, cha chuala fuaim. Labhair e rium an uair
sin ann an dìomhaireachd agus thuirt e nach b' e càil dha mo
ghnothaich-s' e dè an t-ainm a bh' air, ach gur e Brown a bh'
air an-dràsta "for personal reasons – security, ken?" Thuirt mi
ris gu robh e làn dhan rud a dh'fhàg a' bhò sgàrdach air leac
Ailein Bhàin. Cha do leig e air gun cual' e mi, bha e cho trang ga
mholadh fhèin: an eanchainn, cho geur ris an lannsa fhathast,
a chuimhne – cuimhnicheadh Murphy! – làidir gun ghaiseadh.
Agus dheigheadh na fiachan a phàigheadh no bhiodh fuil ann,
bhiodh gul ann, bristeadh cheann is chnàmhan! Thuirt mi ris gu

robh e làn dhan rud a dh'fhàg an corra-spùtach na cheò air clach na cùdainn. Thug siud air suidhe an-àirde 's an amhaich chaol a shìneadh. Thàinig crith na ghèillean agus steall bhriathran gun mhòr-chiall bho chliathaich a bheòil. Dh'aithnich mi gu robh gròta dhan tastan gun teagamh a dhìth air, aon sg'inn dheug, 's thuirt mi ris a chab a dhùnadh mus dèanadh e call, mus tuiteadh an t-sùil às, mus fhalbhadh a chom. Bu cheart cho math dhomh mo bhall a sgròbadh, rud a thàinig gu làidir a-steach orm nuair a chunnaic mi an tè shultmhor bhòidheach a thàinig thugainn le biadh.

Bìdeagan de dh'iasg sliobach buidhe a' seòladh ann am bainne. Cha dèanainn mo bhiadh dheth, mo mhionnan, mo stamag.

— Feumaidh tu ith, thuirt i.

Dh'fheumainn-s' an taigh-beag.

— Ith an toiseach, thuirt i, a' càradh an truinnseir fom shròin agus a' teiche mar gum biodh eagal oirre gun togadh i galair a choreigin.

— Hey, darlin', ars an sgarbh a bha thall, do us a favour, eh?

— Wha'?

— Starve the bastard!

Bha i gam choimhead. Thuirt mi rithe gun iormaidh a bhith oirre, no idir eagal, gun cuirinn car dhan amhaich aige cho luath 's a thilleadh lùths nan cas.

Thug i ceum air ais, fad na h-ùine gam choimhead. Nuair a bhruidhinn i a-rithist, bha an guth aice fann. Dh'fhaighnich i dhomh an e an fhìrinn a bh' ann gun dh'fheuch mi ri duine a mharbhadh. Cha robh mi ga tuigse. Thuirt i gu robh e ann an Intensive Care, an duine. Bha an t-àite dubh le poilis nuair a thàinig iad leis, nuair a thàinig iad leamsa, bho chionn dà oidhche.

— Attempted murder! dh'èigh an sgarbh le toileachas. Cha bhiodh pioc 'attempted' ann nuair a gheibhinn-sa cothrom air – cò b' fheàrr na mo mhàthar fhìn air tachdadh chearc latha dha robh 'm baile againn? Thuirt mi sin ris – gu robh sgil ann agus dòigh, 's gu robh iad còmhladh agamsa.

— You hear that, hen! Tha's a threat, that!

Ach dh'fhalbh i, gam fhàgail an impis sgàineadh, a' coimhead ri earball adaig. Bha tuainealaich nam cheann air nach cuirinn rian: dè bha seo mu dheidhinn murt? Carson a bha am boireannach bòidheach ud a' bruidhinn riumsa air murt agus marbhadh agus duine ann an Intensive Care?

Cò 'n duine?

Cò 'n dòlas an duine? Billy Boag . . . Wee Slash . . .

— Detective-sergeant Walter 'Shrapnel' Watson of this Force, retired, thuirt am poileas gun bhonaid, na sheasamh deiseil le duilleag bhàn is peann is ceist no dhà freagair no fàg bha sin an-àirde rium fhìn, ach ma bha mi neoichiontach, ha! carson a dh'fhàgadh? Carson gu dearbh? 'S cha bhiodh sinn a' caitheamh tìde 's cha bhiodh sinn a' caitheamh anail, cha bhitheadh, gu dearbha, arsa mise, ceist no dhà, siuthad ma-tha, 'ille chnapaich le fallas fo do shròin, fire away.

Thionndaidh e duilleagan, rinn e casd oifigeach.

— An tu John Morison, aon 'r', or MacPhail, alias Neil O. MacLeod, alias Roderick Ogg, of no fixed abode?

— Cha mhi.

— An tu E. Joseph MacPhedran, C.B.W. Murphy?

— Cha mhi.

— An tu John Lomm, Inverlochy Turn, Inverlochy?

— Cha mhi.

— Cò na daoine tha sin co-dhiù?

Cò gu dearbha.

— Okay . . . right, ars am poileas gun bhonaid, mar dhotair a' coimhead sìos d' amhaich is a' cur pìob fhuar rid bhroilleach.

— Right. Anns an dara ceasnachadh, ars esan, aig 21.00 hours, Saturday 15th November, thuirt thu gur e Oliver Goldsmith a b' ainm dhut. An tu Oliver Goldsmith?

— Cha mhi.

— Walter Raleigh?

— Cha mhi.

— Timothy Gillies?

— Cha mhi.

— Dè 'n t-ainm a th' ort?

— Mac an Leadharainn.

— Spell it.

— Cha speilig.

— MacLugran, ars esan, a' sgrìobhadh. Cà' il thu fuireachd?

— Fuireachd, arsa mise, cha dèan feum ach falbh.

— No fixed address.

— No fixed abode, Charlie.

Thàinig nurs – tè ruadh, rìomhach – le poit chun an sgairbh, le botal thugamsa. Sguir am poileas a sgrìobhadh. Stad a shùilean na cheann. Bha a dealbh agus a h-ainm air cairt phlastaig air a broilleach. *Staff Nurse Mavis E. Beattie.*

Yonder come Miss Mavis . . . na facail a thàinig thugam – cha b' ann bho Habacuc no Obadiah:

> . . . *umber-ella on her shoulder,*
> *piece of paper in her hand . . .* well, botal agus poit-mhùin
> . . . *gonna tell the sheriff,*
> *"GIMME BACK MY MAN!"*

Sun's gonna shine, mar a thuirt gar bith cò a thubhairt e. A' deàlradh a-nis gu cinnteach air an t-siorraidh gun bhonaid seo againne 's e ri 'g amharc air Mavis E. Beattie le sùilean blàth laoigh.

— Mavis! ars esan. Mavis Beattie!

An rudhadh a bha na gruaidh. An gàire a rinn i.

— Hello, Des.

Dh'aithnicheadh iad a chèile! Agus dh'aithnicheadh an sgarbh Murphy. Agus an arrachd a bha fo shreangannan aig an doras, cha robh càil a dh'fhios nach aithnicheadh esan an Uireasbhaidh Eudainn, nach robh e fhèin is Eòin Iosèphus anns na dubh-oghaichean taobh nan Dùghallach a thug an cladach orra.

Eudail, eudail.

Dhùin mi mo shùilean agus dh'èisd mi riutha ag ùrachadh làithean an òige – na sràidean, na pàircean, na tràighean air an robh iad eòlach: O sunny Portobello! Cramond Shore. 'S an fheadhainn a bha ann còmhla riutha an uair sin, cà robh iad a-nis agus dè bha iad a' dèanamh. Greis ag ainmeachadh ainmeannan – Drew, Stu, Una, Margo, Dorothy Jane Stark; agus an robh cuimhne aige air Rosie Pettigrew, a chaidh air faondradh a' fuireachd ris – robh fios aige idir? À, Rosie. Rosie Petticoats. Agus an robh fios aicese mar a bha Willie Jeffrey ga chall fhèin às a dèidh, agus Willie Geddes agus Fat Willie Merrilees, mac a' bhùidseir, ding, dong, merrily the mince!

— A' they Willies, Mavis.

— See you, Desmond MacCafferty.

— See you, Mavis.

Gàireachdainn a' tighinn le teas bhon mhionach. Agus am

b' e seo an gaol a' beothachadh a-rithist eatarra? Neo mar dhrùis achlaisean, ana-miannan na feòla?

— 'Eil thu air tron oidhche, Mavis?

— Tha, fad na seachdain. 'Eil thu fhèin?

— Tha . . . well, fhad 's tha esan ann.

— Bidh e greis mhath ann. Chaidh a phronnadh.

Thàinig iad na b' fhaisge, mo chluasan fosgailte.

— 'Eil e na chadal?

— Tha.

— Cinnteach?

— Tha.

Guthan ìosal.

— Fad na h-oidhche?

— Fad na seachdain.

— Agus mise.

— Mura fàs e nas fheàrr.

— Mavis?

— Mm?

— Dhomh do làmh.

— Des!

— Bruidhinn air fàs . . .

— Crikey!

— 'Eil thu . . .?

— Chan eil! Tha!

— Cà 'n tèid sinn?

— Far nach tèid breith oirnn.

— . . . in flagrante delicto!

— In the sluice, Willie, arsa Mavis. Agus leig am poileas fead agus dh'fhalbh iad le cabhaig nan ceum, na h-eòin le seirm a' seinn air mìle geug.

Agus mise, air mo phronnadh, air mo ghonadh. A thug ràith na bliadhna ag iarraidh gu Anna Louisa Sutherland a thug bhuam mo bhriathran agus mo neart ann an St Bernard's Waltz, eau de cologne agus a h-anail chùbhraidh fàileadh nam Woodbines; a thug bliadhna agus ràith a' feuchainn gu Effie with the gogs, na sliasaidean aice aig Hockey! A dh'innis dhomh le sùghadh sròine 's gun mo liutan ach air ruighinn a glùin mun ghaol mhìorbhaileach thar mhìorbhailean a bh' aice air Johnny Hotchak – an diabhal ormsa, Teddy Boy. Agus a chaidh àicheadh le Peigi Spiullag trì tursan mus do ghoir an coileach ann am bàthach Mhurchaidh Smiot; agus nach d' fhuair ach droch bheul bho a piuthar, Seonag Spiullag, a ruith air balaich Bhaile Geàrr gu lèir agus a thog cùrsa air an Druim bho Thuath às dèidh sin.

Agus Annabella Duguid – clear off!

Agus Jennifer às Lytham St Annes.

Julie Anna Johnson.

O, gur cràidhteach an othail
bha san àm a' tighinn fodham . . .

cìochan corrach Anna Louisa, lìontach, mulanach – muladach bha mi mu Pheigi, a bhleòghnadh a' bhò bhlàr 's a laigheadh blàth fon acha-lais. Càil a dh'fhios nach ruiginn iad fhathast nam faighinn fàth air a' phoileas, rus seachad air an t-sluice!

Agus b' iad am feasgar agus a' mhadainn an ceathramh, an còigeamh latha nuair a dhùisg mi gu droch cainnt a' tighinn bhon leabaidh ud thall agus a chuala mi guth Murphy ann an co-sheirm ri sgread an sgairbh. Thog mi mo cheann gu faiceallach agus sheall mi null.

Bha Murphy a' coimhead rudeigin glan, mar gum biodh e air a ghlanadh fhèin. Bha fhalt air a chìreadh spìceach gu chùl, na leac ri mhaoil; bha breacadh de ghearranan beaga air a smiogaid, air a sgòrnan far na gheàrr e e fhèin a' sèibhigeadh. An t-seacaid a bh' air, bha i ùr agus fada ro mhòr dha; briogais na deise le na striopan geala nach robh geal, a dhà bhròig-cogaidh.

Rinn mi gàirdeachas nam chridhe agus dh'aithnich mi gu soirbhicheadh leam às dèidh nan uile, gu faighinn air teiche nuair a thilleadh slàinte agus slànachadh. Gheibheadh Murphy, a dh'aindeoin toibheum, geansaidh agus briogais agus paidhir math bhrògan dhomh. A dh'aindeoin uirsgeulan.

— Mo chasan làn ghàgan, arsa Murphy.

Gheibheadh e bonaid clò dhomh is còt' a dheigheadh mum dhruim.

— Giorrad analach orm, ars esan, agus glasadh uisge.

Rola ruadh de theip steigeach a chuireadh balbh an sgarbh san àm dhuinn dealachadh.

— Èaladh fom chraiceann, biastan nam chom.

— Gheibh thu na rudan sin dhomh, arsa mise, agus thig thu an seo leotha nuair a dh'innseas mi dhut nuair a thilleas mo neart.

Dh'iarr e iasad.

— Agus cha leig thu ort gun aithnich thu mi, arsa mise. Nuair a nochdas sergeant nam putanan faileasach – fear-faire na maidne 's a' mheadhain-latha – bidh tu 'g itealaich thall an sin mu leabaidh an sgairbh.

Bha an t-airgead ann am bonn ri mo thaobh.

— Tenner, ars esan.

Nuair a nochdas an constabal Slobodom le na sglaipean, sìsteil na mhionach às dèidh slugadaich trath-nòin, bidh tusa a' crònan ris a' chlosaich a th' aig an doras.

— Fichead, ars esan.

— Ach 's ann am beul na h-oidhche a thig thu nuair a bhios an t-àm agamsa air teachd. Na do dhà bhriogais, na do dhà gheansaidh, na brògan fod achlais. Agus bidh còta mòr ort air muin na seacaid sin – gu sealladh Dia ort, cà na ghoid thu i co-dhiù?

— Well, it was like this, you see . . .

— Na cluinneam an còrr.

Dh'fhalbh e. Agus dh'fhalbh mise gu mo smuaintean, air m' fhaiceall air mo dhruim, mo bheul a' sileadh uisge, mo shùilean trom. 'S thug an cadal mi gu sràid chaol chumhang làn bhùithtean làn dhaoine. Bha mi a' dol a dh'òl mo lèine.

Nuair a bha mi 'n Èirinn, thuirt am boireannach aosda, 's ann a bha mo lèine na b' fhaide na mo chòt'.

Ma, gu dearbha òlaidh, thuirt an tèile, bha do sheòrs' a-riamh ann. Bha daoine a bh' ann nam òige, 's nach do mhair beò, a' gabhail seachad. Agus chunnaic mi pìos bhuam, thar chuan aodainn, an nighean a b' fheàrr leam air an t-saoghal, mo nighean fhìn a' tighinn nam choinneamh. Ghluais mo chridhe gu sòlas, mo cheum cho aotrom cha lùbadh bil feòir. Bha a h-ainm air mo bhilean, ach air dhi m' fhaicinn gheàrr i tarsainn gu taobh eile na sràide agus thionndaidh i a ceann bòidheach air falbh. Ghabh iadsan nach robh beò seachad, a' sealltainn romhpa, sgìth agus fo bhròn.

Bidh tu ceart gu leòr, thuirt am boireannach aosda.

Agus choisich mi. Choisich mi an t-sràid chaol gun chrìoch ud, an t-uisge fuar 's a' ghaoth nam aghaidh, choisich mi.

Agus choisich mi nuair a thàinig an t-àm dhomh èirigh agus imeachd. Bha e cho furasda, cha mhòr gum b' urrainn dhomh a chreids'. Chaidh mi gu leabaidh an sgairbh an toiseach, Murphy gam chuideachadh.

— Say goodbye, you bastard.

Ach mus d' fhuair e air an sgreuch a leigeil bha an teip againn air, trì chuir mhear mu chraos, dhà mu chaol nan dòrn.

— Goodbye.

'S an uair a bha mi còmhdaichte ann an còta mòr an Airm, brògan breòite na h-Uireasbhaidh agus bonaid-cluasach Sìonach – aona chluais a dhìth air – sheas mi os cionn leabaidh na closaich a bha aig an doras agus thug mo chridhe leum às. Bha na sùilean biorach glas sin gam choimhead, làn dhan fhear-mhillidh, gàire a' mire ri bhilean.

— See you, Jimmy, thuirt e. See me.

Sin uireas.

Dhùin na sùilean, dhruid na bilean, builgean ri chuinnlean. Agus choisich mi a-mach às a' mhì-thalamh àit' ud, socair seachad air an t-sluice, cha tàinig dìosg à brògan na h-Uireasbhaidh. 'S ged a thigeadh, cò a chluinneadh? Bha a' mhuilinn dubh air thurraman, air thurraman, air thurraman, 's bha nead na circe fraoiche 's an driùchd ga còmhdach, 's tu le do ghunna, Dhòmhnaill, a' leigeil nan deannan.

Bha an oidhche soilleir, fuar. Chithinn slisinn thana gealaich tro gheugan is dhuilleach nan craobh. Thàinig Murphy suas ri mo thaobh agus fhuair sinn tagsaidh.

3

Dosser

Chuidich Murphy agus an dràibhear mi a-mach às an tagsaidh agus a-steach clobhsa agus a-steach doras a bha air falbh bho na cùl-cheanglaichean agus tarsainn seòmbar-suidhe – chamber of horrors – far an robh triùir ann an ceò air sòfa agus fear fraochanach ann an oisean ga sgròbadh fhèin.

— Bugger this, ars an dràibhear, a' dèanamh às. Agus chaidh Murphy leam sìos cùis-uabhais de staidhre gu seòmar ìosal agus bobhstair rubair air ùrlar fuar cloich. Dh'fhàg e mi air mo dhruim nam shìneadh, gun chòmhdach gun chlaidheamh, sgìth agus lag.

Nuair a dh'fhàs mo shùilean cleachdte ris an dorchadas, thog mi mo cheann a' sireadh poit-mhùin, agus chunnaic mi gu robh bobhstair eile tarsainn bhuam, ùpraid de phlaideachan odhar 's am pailteas phiullagan nan sprùilleach air uachdair. Ghuidh mi ris an Tì as àirde gun e duine mar an sgarbh a chur orm a-rithist – a bhràthair no a mhàthair no duine sam bith a bhuineadh dha

– no duine le drèin na mòrchuis a dheanadh mo mhoblaigeadh le mental arithmetic – no fear le fliuichead sròine, anail gheur uinneanach – no idir an dìobhairt, no idir an dìobhairt.

Dh'fheumainn èirigh agus uisgeachadh. Mar a thuirt an t-seann tè: feumaidh duine a mhùn a dheanamh ged a bhiodh crùn aige san latha. Dhearc mi air peile plastaig anns a' chùil bu duirche agus dh'fheuch mi gu mo chasan. An ùine a thug mi, an osnaich. Bha guth mo mhàthar na mo cheann 's mi a' falbh dall ris a' bhalla: Dè, a bhalaich, a rinn thu ort fhèin?

Sheinn mi anns a' chùil bu duibhe, a' cinnteachadh air a' pheile:

An rud a bh' aig a' choileach-fraoich,
Thug an naosg am bàrr dheth . . .

Ach seach nach robh agam ach siud dheth, sheinn mi fear eile:

. . . ann an geòl' Iain Thormoid, geòl' Iain Thormoid . . .

Cha robh cuimhne agam a-nis air mòran dheth, ach gu robh na deargadan uimhir ri na geòidh anns a' gheòla:

Bha na deargadan uimhir ri na geòidh
An geòl' Iain Thormoid, geòl' Iain Thormoid . . .

agus gu robh am fonn rudeigin colach ri 'Dè nì mi ma shèideas a' ghaoth?'

Shèid a' ghaoth le fead fann caol, 's gun fhios nach robh cuideigin san èisteachd thòisich mi feadalaich 'The Flowers of Edinburgh' agus às dèidh sin 'Kate Dalrymple'. Aighearach 's gu robh iad, cha do chùm iad am fuachd air falbh. Bha mi air chrith.

Chaidh mi air mo ghlùinean, 's gun facal ùrnaigh dh'fhalbh mi air mo spògan a-null chun nam plaideachan. Tharraing mi tè 's thàinig na bh' ann nan aon ultach thugam. Bha nighean chaol, cho seang ri seileach, na laighe an sin. Bha stud na sròin, fàinne òir na h-ilmeag.

Leig i sgreuch.

Leig mise sgreuch.

Thàinig sgreuch bho gu h-àrd.

Shad mi na plaideachan oirre agus theich mi air ais. Thàinig ise gu luath an uachdair. Cha do dh'fheòraich mi cò bu leis i.

— Hell's teeth, thuirt i, an sgeun a bha na sùil air a sùil fhàgail. Who the hell are you?

Thuirt mi rithe gu robh i a-nis air 'Hell' a dh'ràdh dà uair, agus carson? Agus thuirt i:

— How the hell do I know?

Well, chan e a h-uile rud a tha ag iarraidh freagairt, agus ghabh mi taobh eile le mo rannsachadh.

— Robh sin goirt, dh'fhaighnich mi, an stud sin agus an rud a tha nad ilmeag?

Thuirt i gu robh e gu dearbha goirt gan cur ann, ach nach robh e a leth cho goirt ris an dul a bha innte shìos far am biodh an othail 's an imcheist.

Cha robh fios a'm cà seallainn.

Mu dheireadh, dh'fhaighnich mi dhi an robh fios aice dè bh' ann an dìth na nàire. Cha robh. Cùis-mhaslaidh? Cha robh a bharrachd, mura b' e an stiùpaire a riaraich e fhèin sa pheile agus a bha a-nis a' snagardaich os a cionn, a spèithear fosgailte.

Las an fhuil a bha nam cheann. Bha mo ghèillean a' biorgadaich nuair a labhair mi:

— Tha e soilleir, arsa mise, gu math soilleir, nach do dh'ionnsaich thusa mòran ris a' ghlùin, ris a' ghualainn, arsa mise, ach mì-mhodh.

— Tha do bhàdaidh, ars ise, fosgailte.

— Na mo latha-sa, arsa mise, bhiodh i ort mun tòin, a leadaidh, mark my words, Diluain a' bhreabain.

— Oo! ars ise, lovely.

— Buail do chù, 's ann thugad a ruitheas e.

— Woof!

Dh'fhairich mi an droch nàdar a' sileadh air falbh, agus na àite bha gàireachdainn a' lìonadh mo mhionaich. Chan fhaodadh i sin fhaicinn. Laigh mi sìos air a' bhobhstair, a' meòrachadh mun ghinealach sin – sìol na nathraiche nimhe – nach tug urram dhan aois; agus a' meòrachadh mun fheirg a bha ri teachd, nuair a chuimhnich mi air an Detective-sergeant (retired), fhiaclan agus meud a dhùirn.

Dh'fhàg siud falamhachd nam bhroinn.

Dh'fhàg siud acain nam cheann.

Mìle marbhphaisg air a' ghràisg a rinn an dò-bheart.

Bhiodh iad fo rùm a-nis, 'the Emperor's drunken soldiery', Donati's dùinte airson oidhch'.

Thàinig i a-nall le plaide thugam.

Sae luely, luely . . . ged a bha a casan caola casa-gòbhlaganach air an làr, le tiona Golden Virginia na h-uchd. Rinn i fag a bha fada, le craiteachan math dhan a' mhara-tiugh-hàna.

— Want some, you old grump?

Thug i dhomh gearradh dheth a stob mi fom fhiacail – chow, mar a bh' aig na maraichean o shean, ach gur e an tombaca dubh a bh' acasan, am betel ann am Bombay. Sglong!

Chuir i thuige coinnlean agus chuir i ceòl san àit'-èisdeachd:

Sitting in the morning sun
And watchin' all the birds passing by . . .

Bha i toilichte, nighean nan geug.

Ann an solas nan coinnlean, thug mi fa-near agus fa-niar staid na fàrdaich. Cha robh lìnigeadh air na ballachan; a' chlach 's a' chrèadh le liacradh distemper agus drùis ruadh a' sileadh troimhe. Bha an làr lom, fàsgadh às fo do chasan; daolagan gu leòr agus bògaisean an ceann an gairm, agus cò na treubhan a bha sìolachadh fon dà bhobhstair, am measg nam plaideachan, uimhir ri na geòidh, uimhir ri na geòidh? Chuimhnich mi air Keating's Powder agus Parazone, dheigheadh an nighean gan iarraidh mus deigheadh ar n-ithe beò, lotan is lobhadh. Dh'fheumainn innse dhi. Ach bha i cho toilichte a' dannsa, deàlradh na sùilean agus na gàirdeanan biorach bioranach aice an-àirde, meòir a' bragadaich.

Chunnaic mi am peile plastaig ri taobh sinc ri taobh clòsaid. Gu h-àrd aig bàrr a' bhalla os cionn na sinc bha uinneag chaol chumhang. Bha solas na sràid oirre orains. Bha an t-uisge oirre. Dh'fheumainn faighinn chun na sràid agus falbh. Dhèanainn plana, planaigeadh. Agus an nighean seo, seileach an cois aibhne, chuidicheadh ise mi.

Mu thimcheall na leap, na leid aice, bha a caiseart, a còta agus a cleòca, a gùintean sìoda 's a bann-broillich agus an it' a bh' ann an stiùir a' choilich. Chuireadh i uimp' iad uile agus rachadh i mach a dh'fhaicinn an robh an t-slighe còmhnard glan, a' ghaoth soirbheachail. Bhithinn air a cùlaibh na mo bhrògan breòite, còta mòr an Airm. Agus dh'fhalbhadh sinn mar na h-eòin a dh'fhalbhas, gu siùbhlach caithreamach.

Dh'innsinn dhi. B' e sin a' chiad cheum.

Ach an toiseach, dh'fheumainn am peile fhalmhachadh agus a ghlanadh. Lysol. An toiseach dh'innsinn dhi mu dheidhinn Lysol agus am peile-sinc a bha againn anns an sgularaidh nam òige. Dheigheadh fhalmhachadh na steall dhan drèana a bha aig an doras. Agus na miasan le bùrn an t-siabainn, Rinso agus Sunlight, iadsan cuideachd – fras bho fhras a bha cur deann às an talamh, nan tigeadh siud sìos mud chlaigeann, cha dèanadh tu 'n còrr a-chaoidh. Bha lìth ghorm air uachdair na drèana agus as t-samhradh bha am feur a' fàs taisealach mun cuairt dhith agus bha am fàileadh gorm lìtheach, mar septic-tanc Alasdair Mhurchaidh Smiot, ort mun amhaich. An uair sin a' Lysol.

Dh'innsinn dhi. Dheigheadh i a dh'fhaighinn botal beag donn dheth, agus an stuth a thachdadh an dubh-shnàigeach, a chlàbhadh na deargadan nan cadal.

An toiseach, ge-tà, dh'fheumte èirigh agus gluasad.

. . . gotta pick myself up,
Dust myself off
And start all over again . . .

B' e sin car a' mhì-thalamh: 'start all over again', Mrs Car-mellors. Thuit i na clod ri mo thaobh 's chaidh a h-uilinn, a bha mar bhior giuthais, a-steach nam chliathaich.

Leig mi èighe.

Leig ise èighe.

Thàinig èighe bho gu h-àrd.

— Aw, thuirt i, dè tha ceàrr?

Chuir i a làmhan tana orm agus dh'fhairich i am bann a bha teann mum asnaichean.

— Aw, thuirt i, dè thachair?

— Am bruthadh a lèir mi, arsa mise, tha mi cur feum air cobhair.

— Aw.

— Bha mi san t-sloc uamhainn.

— Dearie me.

— An clàbar crèadha tiugh.

— You poor soul.

— Ach an toiseach am peile. An toiseach, arsa mise, Lysol. No Parazone. No Pine Disinfectant.

— Right, ars ise. Thug i tarraing às an fhag agus dhòmhsa grèim eile a chagnainn.

An tugainn iomradh air an drèana ghorm lìtheach agus am feur gorm a dh'fhàsadh aiste nach cliobadh caora, nach reubadh bò no each nan treun-neart samhraidh?

Am peile sinc a bh' anns an sgularaidh, an toirinn luaidh air gus soilleireachadh dhi mar a chaidh mi chun a' pheile aicese, plastaig ann no às?

— 'S fheàirrde ceàrd fras, thuirt mi. Cha b' e siud a bha dùil agam a dh'ràdh ach 'An t-ionnsachadh òg' no 'An car a bha san t-seana mhaide' – briathran iomchaidh – ach siud a thàinig a-mach: "S fheàirrde ceàrd fras', agus an uair sin dh'innis mi dhi mun dìobhairt a dhìobhair mi os cionn a' pheile, mo làmh teann ri mo bheul a' dol sìos seachad air rùm mo mhàthar agus tron chidsin, ann an dorchadas Dùbhlachd, a' mhadainn ud a bhurst mo mhionach.

— Spùt e bhuam, arsa mise, aig 160 miles an hour.

— Projectile, thuirt i, anns a' cheò.

Bha i ag èisdeachd.

B' fhada bho nach d' fhuair mi èisdeachd. Dh'innsinn an sgeula bho thùs gu èis, toilichte sin a dhèanamh – mar Iain bràthair mo mhàthar an Ceann Loch Mòr: 'Làidir, an duirt thu? Tha cuimhn' agamsa . . .' – daoine a' mèaranaich, daoine a' teiche.

— Tha cuimhn' agamsa, arsa mise, a' sgaoileadh a-mach, b' ann air an t-samhradh roimhe sin a thòisich e.

— An spùt, ars ise.

— Cha b' e, cha b' e! Èisd rium.

Rinn i mèaran.

— An grèim-mionaich. Na bu mhiosa na 'n dèideadh. Ach bha piuthar m' athar ann, bean-eiridinn a bh' ann am Burma, bha ise aig an taigh à Glaschu, cha chreid mi – tìd' a' Chogaidh a bha i ann am Burma – boireannach aig an robh ùghdarras agus comas: cà robh mi?

— Ah, you poor soul, thuirt nighean nam meangan.

— Gar bith dè an leigheas a bh' ann co-dhiù, fhuair mi seachad air, 's bha mi cho fallain ri fiadh nam bràighean siùbhlach a-rithist, breac na linne. Aidh.

— Hi, thuirt i.

Rug mi air làimh oirre.

— Gus an tàinig Dùbhlachd gharbh a' gheamhraidh, arsa mise, 's cha b' e sin an t-àm bu ghann ar spòrs. Bha sinn mìle bho baile 's cha b' urrainn dhomh cumail ri càch, a' beatadh an aghaidh na gaoith, a' call m' anail. Chaidh mi gu fasgadh balla cloich ri taobh taigh mòr le storm windows.

Chunnaic agus dh'fhairich mi e dìreach mar a bha e an uair sin: a' ghairbhseach, beul na h-oidhche, eagal gun tuiteadh am balla orm, lamp a' dol thuige san taigh mhòr.

— Chaidh mi chun dorais agus ghnog mi.

Thug mi sùil air an nighean.

— Ghnog mi, arsa mise ann an guth ìosal, grìs tron fheòil.

— Well? ars ise, a' teannadh suas rium.

Cha duirt mi dùrd. Chrath mi mo cheann, ag osnaich trom shròin. Pregnant pause.

— Well? Well?

— Thàinig guth bho staigh, guth aosd caillich: 'Cò th' ann?' 'Mise,' arsa mise. Agus dh'fhosgail e fìogair, agus an uair sin gu chùl, nuair a chunnaic iad an t-ànrach bochd a bha muigh sa ghailleann. Bha dithis dhiubh ann, agus thug iad chun teine mi 's thàinig iad le mias bùrn teth dhan cuirinn mo chasan agus deoch a bhlàthaicheadh mo thaobh staigh.

— Do mhionach.

— Mo mhionach.

— Do mhionach a bhurst.

— Yup.

— Leis an spùt.

— Yup.

— Thàinig sin ormsa, ars ise.

'N e nach tigeadh . . .

— Thàinig, ars ise, eadar Dubai agus Bandar Abbas.

Thuit an cùrtair air dràma m' òige: m' antaidh Peigi a bh' ann am Burma, na cailleachan dubha agus am peile-sinc; nurs Dhànaidh agus an dotair dotty MacEanraig – villain of the piece – agus an lannsair Jamieson agus an nurs bheag bhòidheach a bha gam choimhead nuair a shaoradh mi à màg an leòmhainn agus mar an ceudna à màg a' mhath-ghamhainn. Thriall iad, mar shneachd an earraich. Exeunt.

Leig mi às a làmh agus ghluais mi air ais air a' bhobhstair gus sùil cheart a thoirt oirre.

Bha a falt cho dubh ris an fhitheach; bha a sùilean, air chùl speuclanan, làn dhan donas.

— Càit, a chreutair, an duirt thu an robh thu?

— Air bàta, ars ise, nàdar dhow. Twenty-four hours, a' dol gu Bandar Abbas.

Leig i gàire – a' faicinn m' aodainn-sa, 's iongantach, balbh le iongnadh – agus thuit i air a druim air a' bhobhstair, a casan fada an-àirde. Nuair a thill i 's a ghlan i na glainneachan 's a shèid i a sròin, dh'innis i dhomh nach robh taigh-beag idir air an iùbhrach.

— Basgaid gun thòin, ars ise, crochaichte ri deireadh.

— Robh iad gad fhaicinn?

— Bha thu a' crùbadh sìos innte, ach bha do cheann 's do ghualainnean an-àirde.

— Chitheadh iad thu a-rèisd, dearg a' ditheadh.

— Cha leiginn a leas ditheadh. Bha e a' falbh na shruth, dhan a' Phersian Gulf.

— Thighearna.

— Cha deigheadh mo phal Bella Jess idir dhan bhasgaid. Leig i mothar eile aiste, 's an àite a h-aodainn bha mi a' coimhead nan casan a-rithist. Dà bhròg iallach, siubhal frìthe, dìreadh mhonaidhean. An toirinn a' bheinn orm? Agus tilleadh le sgeulachdan mòra? Bandar Abbas.

Thill i.

— Tha mi cho duilich, thuirt i, a' tilgeadh a làmhan mum amhaich. Bha thu dol a dh'innse dhomh . . .

— Never mind!

— Do mhionach, nach e, my poor darling.

— Ist!

Chagainn mi gu cabhagach.

Mus do dhruid an dorchadas gu buil, dh'innis i dhomh gu robh i ann an Rabat, Istanbul agus Beirut cuideachd. À, nan robh mi air a bhith ann, mise nach robh an àite, smaoinich orm an uair sin aig cuntair a' bhàir a' sgaoileadh a-mach, a' sgaoileadh!

Mus do dhruid an dorchadas, dh'innis i dhomh mu rud a thachair ann am Beirut anns a' Hotel de la Revolution.

— Nuair a thig a' revolution, arsa mise gun fhios carson, ciamar no càite.

— Inshallah, ars ise, a' pasgadh a làmhan.

Cha robh ach dà rùm anns a' Hotel de la Revolution. Bha rùm aig an dithis bhalach a bha còmhla rithe – Frangach agus Austrianach – ach cha b' urrainn dhi a dhol an sin seach gu robh Èipheiteach air gluasad a-steach. Dheigheadh i dhan rùm eile. Bha dà leabaidh ann: tè dha aon duine agus tè a ghabhadh dithis, triùir – nam b' fheudar, seisear.

Cha robh ach dithis anns an rùm: nighean 's a màthair.

Chuir Ali Marout, an t-òstair, air an solas agus ruaig e an nighean às an leabaidh chaol a-null dhan leabaidh dhomhainn san robh Aosta nan Làithean. Bha i diombach, an nighean. Rinn i mòran osnaich.

— 'S chaidh mise dhan leabaidh aice, fhathast blàth agus tachaiseach fo aona phlaide. Cha d' fhuair mi cadal, a' smaoineachadh air deargadan.

— Deargadan! Bruidhinn air deargadan! Chunna mise . . .

— Co-dhiù, bha agam ri falbh aig ceithir gus am beirinn air a' bhus – 4.30 gu Aleppo. Dh'èirich mi air mo shocair agus chuir mi orm m' aodach agus chuir mi mo ghùn-oidhche agus na trealaichean eile, T-shirts agus rudan, air mo shocair sàmhach dhan a' bhaga. Nuair a dh'fhairich mi gu robh cuideigin gham choimhead – sùilean orm – 's nuair a sheall mi, bha iad nan suidhe an-àirde anns an leabaidh taobh ri taobh mar dà chailleach-oidhche. Cha do leig mi sgreuch, mus dùisginn Ali Baba.

— Ali Bali.

— Thug mi dhaibh pacaid fags, 's bha iad toilichte, agus dh'fhalbh mi. Good riddance.

— Seachd siubhal sìdhe.

— Yeah, yeah.

Cho luath 's a bhiodh i às an t-sealladh, bheireadh an t-seana-bhun a' bhròg dhan tè òg a-mach às an leabaidh.

— Vamoose! chanadh i, a' lasadh fag.

أ غر ب عن و جهي, chanadh i.

— Well, an riabhach ormsa, arsa mise, ag amharc gu sgleòthach air an nighean dhubh air an robh am falt agus aig an robh an stud na sròin agus a bha a' tighinn 's a' falbh agus a' falbh 's a' tighinn. Agus tha cuimhn' a'm gu robh mìle ceist agam nach do dh'fhaighnich mi agus planaichean nach do phlanaig mi, 's gu robh i a' dannsa a-rithist, bragadaich nan òrdag ris a' cheòl a bh' aice air an teip-reacòrdair:

If you just put your hand in mine
We're gonna leave all that troubles behind,
Gonna walk
And don't look back . . .

Agus chluinninn an gàire aice.

Agus an ceòl.

Agus thàinig an cadal mu dheireadh thall; dh'fhalbh an

t-slacadaich a bha na mo cheann, na mo chorp, thàinig fois. Cha robh an gadaich cho feumach air a' chroich.

* * *

Chan eil fhios agam dè cho fada 's a thug mi anns an uaigneas ud. Chaill mi latha; lathaichean a' dol nan oidhcheannan. Bha cuimhne agam air duine aig bonn na staidhre gun fhiaclan a' guidheachdan. Guidheachdan gun fhiaclan; bog fliuch, roileach.

— Dè tha cur ort? Thàinig mo ghuth bhon bhobhstair fon phlaide. Theab e tuiteam. Dh'fhosgail a bheul:

— ÀÀÀÀ! Agus thàrr e às.

Uair eile thàinig biast de chanastair brot-oxtail sìos, cruinn donn a' roiligeadh. Cha tàinig duine às a dhèidh ach chuala mi osnaich aig bàrr na staidhre. Sheall mi ris a' chanastair. Cha duirt e facal. Bu mhath nach dubhairt.

Cha do thill an nighean.

An-dràsta 's a-rithist chluinninn bruidhinn os mo chionn, uaireannan brunndal a' dol gu bòilich agus glainneachan gam briseadh agus botail agus brunndal a-rithist, agus nam biodh boireannach ann, bhiodh an diabhal anns an teant an uair sin, all hell let loose. Cha deach mi faisg orra a dh'aindeoin acras, 's cha tàinig iad faisg orm. 'S cha do thill Murphy. Bha mi na mo laighe ag èisdeachd 's bha mo chreuchdan a' slànachadh. Agus a dh'aindeoin 's na thachair, ghlèidh mi mo chiall, mo chiall 's mo reusan, bha iad agam ge b' oil le bourbon agus dope agus tachais. 'S thuirt mo chiall rium gum bu mhithich dhomh a-nis èirigh agus falbh. Co-dhiù, bha an t-acras gha mo tholladh cho mòr, dh'ithinn bò.

Thòisich mi le sgàig a' sgioblachadh, 's an uair a bha mi an impis rùchd mo chaolanan a chur a-mach, sguir mi. Bha an nighean air na plaideachan aice a phasgadh; cha do dh'fhàg i aon làrach no comharradh gu robh i a-riamh ann. Bhiodh i air an imrich a dhèanamh tron oidhche, càch nan cadal. Sae luely was she gaen, am bus aig 4.30 gu Addis Ababa. Bha mi duilich gun dh'fhalbh i.

Chuir mi boiseag air m' aodann aig an t-sinc agus dh'fhairich mi an fheusag a bha air ùr-fhàs le bàrr mo mheòir agus, ged nach robh mi ga faicinn, chunnaic mi gu robh i maith 's gum biodh i na teàrnadh dhomh anns na lathaichean ri teachd. Cha robh mi cho cinnteach mun bhonaid-chluasach, aona chluais Shìonach a dhìth air. Bhiodh an sgarbh air fhaicinn anns an ospadal, agus dh'innseadh e orm, an cù. Cheangail mi gu teann barrallan nam bròg, agus leis a' chanastair brot fom achlais, dhìrich mi an staidhre.

Cha robh a-staigh ach dithis, 's bha iad air fuarachadh ris an t-sòfa a' feitheamh rium.

— Cà 'il càch? arsa mise gu càirdeil, mar bu ghnàth sin dhomh agus dhaibhsan a ghin mi.

Cha do fhreagair. Bha iad ga mo choimhead agus bha mise gan coimhead-san. Cha robh sin furasda taobh seach taobh. Bha iad mar dhithis a chuireadh muir-geamhraidh a-steach ann am beul fuar na h-oidhche. Bha na làmhan gorm-phurpaidh, spuireanach mu chana leann Super Lager, a' toirt ùine nan creach a' dèanamh fag.

— Nì mise sin dhut, arsa mise gu bàidheil mar bu chòir, a' toirt a' chanastair Old Holborn bhon fhear bu chnàmhaiche, fàileadh a' mhùin 's an t-salchair, rùchd rùchdail. Cha tug mi diog, agus bhuail e thuca an uair sin nach b' e idir tàbharnadh a bh' annam, samhla no manadh, agus ghrad-thionndaidh am fuachd gu blàths agus na sùilean a bha sgeunach a-nis a' snàmh nan ceann agus fuaimean a' tighinn bhuapa mar iorghallaich a thigeadh à broinn lèig-chruthaich.

— Sssghlomh!

Ach cha b' e an toil-inntinn no eadhon an ceòl-gàire a bha air m' aire-sa. Ach suaipeadh: bonaid na h-aona flap airson bonaid snàth; còta mòr an Airm airson anarag. Shaoileam gu robh an anarag beò le biastan beaga biorach, gath nan tòin; bha sracadh sìos aona chliathaich, an cop glas a bh' anns an lìnigeadh air a sgeith a-mach. Ach dè 'n diofar, dè, ghràidh, an diofar: bha mo bheatha an crochadh ris a' phlàigh ud a bhith crochaichte air mo dhruim.

— Suaip, arsa mise. An anarag sin air còta mòr an Airm.

— Tioch . . .

— Do bhonaid air mo bhonaid Sìonach a tha guaranteed.

— Ch-ich!

Ghluais iad an sin gu cabhagach do-riaraichte bho chèile, a' smèideadh rium mar gum bithinn fad' às. Le slugadh leanna chaidh m' fhàilteachadh eatarra air an t-sòfa – sin a rinn mi dheth co-dhiù, cha thuigeadh an cànanaiche bu ghrinne claisneachd an dranndan dubh dùbhghallach a bha aca, ach rinn mi dheth mar a thubhairt mi agus shuidh mi eatarra agus thug mi tarraing às a' chana agus thog mi an cuspair a thog mi anns a' chiad dol-a-mach, a' dol gu dòchasach nan còmhradh.

— Suaipeadh, arsa mise. Cha d' fhuair mi na b' fhaide na sin. Thàinig gàirdean an fhir bu chnàmhaiche mar spàg stàilinnn gun iochd mum amhaich 's chaidh mo cheann a tharraing a-null

fo smiogaid far an robh na roillean agus cuimhneachain làidir
air seann dìobhairt.

Cha mhòr gun creidinn mo chluasan nuair a thàinig ràn tro
shròin a thug air mo chraiceann èirigh. Bha e a' seinn:

Y' aaalways hurt
th' waan
y' love,
th' waan
yoo shouldn't
hurt
at aaal!

Chuir e car nam cheann, dìosgail an cùl m' amhaich.
— Aobh!
— Chl-ich.
Bhris air a' casdaich, ach thog fear na h-anarag am fonn: bu
cho math dhut sgiamhail chat oidhche na gealaich ùir:

So, daaahling, if I
hurt yooo last night (a' dol na òran-càraid a-nis),
it was because
I loved yoo
most
of
aaaaal!

Chaidh mo shadadh air falbh agus thuit iad an gàirdeanan a
chèile:

It was because
I loved yoo
most
of
aaaaal!

Agus thàinig às dèidh sin, mar a bha dùil, sileadh shùl, snighe sròine.

Thàinig cuideachd boireannach mòr cogaidh air an robh aghaidh mar sgona le beilleagan fliuch agus tiugh agus sopan fuilt an siud 's an seo, chaidh a' mhòr-chuid dheth dha na tuill na dhlòthan. Briseadh-cridhe. Dh'innis i dhomh mu dheidhinn ann an làdach lager agus gin.

— The bastard, thuirt i. I could uv strangled him wi they two hands, son. Chuir i na làmhan salach an-àirde; na h-ìnean air am bìdeadh chun a' ghiorra, pluc mì-chneasta pinc air chùl an dùirn taisgeil. Bha iad a' greimeachadh mu amhaich an duine aice agus a' fàsgadh 's a' fàsgadh gus na thuit na fiaclan uachdrach aiste.

— But I couldnae, son, thuirt i gu liotach, spiorad na murt ga trèigsinn – I loved the bastard, you know.

Thuirt mi rithe anns an fhreagairt nach bu chòir dhi leigeil dha na rudan cac sin a stampadh fo na casan, boireannach treun mar i fhèin a ghlèidh an calpa – nam biodh i agam sa phollmhònach, nach sinn a dhèanadh an sgapadh, cò theireadh nach dèanadh?

Sheall i rium.

— Yer a nice boy, thuirt i. They peats, where are they? Agus rinn i mar gum biodh i dìreach a' falbh dhan bhlàr gun ullachadh gun ugh bruich.

— Och, och, arsa mise, och, och.

— Wha' the fuck is och och?

Bha an dà chadàbhar air an t-sòfa ga mo choimhead, 's cha b' ann le rùn math sam bith.

Thuirt mi rium fhìn: An diabhal ort, an urrainn dhut idir srian a chumail air do theanga? Agus riuthasan gur h-ann as t-earrach a bhiotar a' gearradh na mònach nuair a thigeadh an ola innte toiseach an t-samhraidh, a' riachadh, a' rùsgadh, a' glanadh, am barrfhad chun druim, an gàrradh 's an caoran. 'S bha iad air an casan a' tighinn thugam:

— Wha' a load o' shite.

Bha an tè mhòr a' dubhadh an dorais orm.

Dh'èigheadh a' chasaid ann an droch cainnt is toibheum: thuirt fear na h-anarag gun ghoid mi an anarag aige; thuirt am fear bu chnàmhaiche gun dh'fhalbh mi le bhonaid; thuirt fàth a' mhulaid a bh' aig an ursainn gur e cealgaire agus fìor bhastard a bh' annam.

'S mar sin chaidh mo dhìteadh: mar sin, breitheanas.

— Where the offence is, arse mise rium fhìn, let the great axe fall.

Bha mi làn braich, cha robh diù Fhionnlaigh Ruaidh agam.

Thàinig am fear cnàmhach le glaodh botail. Tharraing e an gàirdean stàilinneach gu chùlaibh, dòrn mar chlach-theine – nam biodh an tè ud air bualadh, bhiodh mo chùrsa tron bhalla. Ach tharraing e air ais i le uimhir a neart 's gun chuir e fhèin car, agus thuit e an comhair a chùil, cùl a chinn a' toirt brag air an làr. Leig e osann agus chaidil e.

Thàinig fear na h-anarag le spàirn eagalach, a cheann crom a' toirt ionnsaigh aig 60° ris a' chòmhnard, theab mi a dhol à cochall mo chridhe. Ach bha dìon iongantach a choireigin orm: theich mi às a rathad 's chaidh e seachad aig 60 mph sìos leis an staidhre air a' cheann-dìreach.

Leig am Bouille de Soeuf sgreuch, 's mus do sheall mi rium fhìn bha mi air mo ghlacadh aice air sgòrnan.

— I'll show ya, ya bastard!

— Ist dha 'bastard', arsa mise gu fann.

— Ya trash, ya bastard, gam chrathadh, gam thachdadh.

Cha robh air ach leigeil orm gun mharbh i mi, mar a rinn Alasdair Mhurchaidh Thormoid ann am Mesopotamia a' cogadh nan Turcach.

Sheall mi rithe le sùilean claon, an teanga a' tuiteam a-mach às oisean mo bheòil mus do lùb mo ghlùinean, mus do dh'aom mi thuice cho trom ri closach mairt.

— Oh, ma Goad! thuirt i le goiriseachadh, gam thilgeadh bhuaipe 's a' dèanamh às aig peileir a beath' – balg-sèid na bochdainn, dh'fhalbh braidhm oirre a-mach an doras.

Agus dh'fhan mise nam shìneadh greis mhath foetal air an làr ag èisdeachd. Silent night. Marbhanachd na h-oidhche. Dh'fhalbhainn a-nis. Dh'fhalbhadh. 4.30 gu Alabama.

4

Riach

Bha mi air an t-sràid, air an allaban. Cha d' fhuair mi cuidhteas còta an Airm; bha m' èideadh-cinn fhathast aona-chluasach. Ach bha mi a-mach às an uabhaltas fàrdaich ud, toilichte an cabhsair cruaidh a bhith fom bhrògan, agus gaoth mar fhaobhar na sgithinn a' tighinn bhon Linne Dhubh gam ath-nuadhachadh 's a' glanadh bhuam boladh an sgadain loibht a bha air crochadh rium eadhon gu bàrr nam meòir. Thug mi leam am poca booze a dhìochuimhnich an tè gharg sa chabhaig. Bha dà chana Super Lager ann agus botal gin falamh chun nan gualainnean. Lorgainn being 's thigeadh blàths dhan mhionach.

Bha e fada dhan oidhche, mìos marbhadh nam mult. Cha robh duine mun cuairt, cha robh cù no madadh-ruadh. Choisich mi.

Bha cairt agam na mo stocainn leis am faighinn airgead agus chaidh mi gu uinneag banca agus thog mi ceud not. Chuir mi fichead nam phòcaid 's an còrr dhan stocainn stopte sìos gu caol na cois, a' còmhdach nan cuislean beaga purpaidh briste a

bh' ann an sin. Bha fèithean cnapach ann cuideachd, agus patan
buidhe agus dubh air gach lurgainn. O-hì. Choisich mi.

An dèidh mhìltean, ràinig mi àite a chuimhnich dhomh
raointean is mòinteach a bha agam uair, 's nach do theich ro
fhada bhuam a dh'aindeoin nam bliadhnachan a dh'ith an
lòcast, a' chnàmh-bhèist agus a co-chreutairean. Aite fosgailte
fiadhaich, ged nach robh fiadh anns a' chamhanaich ri fhaicinn.
Bha cnoc ann, agus leig mi dhìom an t-eallach air cùl a' chnuic, a'
coimhead sìos air loch agus a' faicinn solais shràid is thaighean na
b' fhaide air falbh ann an ceàrnaidh dhan bhaile nach tadhlainn
gu bràth. Bhiodh iad a' dùsgadh a-nis, ag èirigh, a' dol an ceann
an gnothaich. 'S thug mise an ceann às a' bhotal gin, a' dol a
cheann mo ghnothaich fhìn, nuair a thàinig an cruth sin eadar
mi is fànas. Cha dèanainn dheth an e tannasg no tamhasg no
tramp a bh' ann, ach cha robh feagal no fiamh orm a' glugadaich
gin. Mu dheireadh tharraing e fagas dhomh.

— Fhir na faire, arsa mise, ciod mun oidhch'?

Shuidh e: bragadaich ghlùin, glamhadh droma.

— Aaaa! a' tighinn bhuaithe teann cràidhteach, a shùilean a'
sruthadh. Sheall e rium mar a sheallas cù roilleach ri duine a'
cagnadh feòil aig bòrd. Chuir mi a-null an gin. Agus ag amharc
air an dìol-dèirig, rinn mi beagan meòrachaidh air m' uilinn
air an t-sliabh ud, a' ghaoth a' sèideadh far am b' àill leatha. An
toiseach, gun thuisleachadh, ann am bailcean dubh na braich,
an t-iongnadh a chuir e a-riamh orm mar a thogas am misgear
ràtar fear eile: an duine air an robh an Dubh-Liath aca – cha bu
mhaireann – a nochdadh aig an doras air a' chiad latha dhan
t-slòpraich:

Thàinig plathaig dhan ol'-ungaidh thugam bhon ear, chanadh

e. Bhiodh ruma dubh aige – rud nach biodh aig Niosgaid MhicÀdam, a' liùgaireachd leis an aon ghàire 's a' sitrich an siud 's an seo thall 's a-bhos.

Harry Beag Eanraig a' guidheachdan agus guidheachdan Sheonaig, a thigeadh sa mhoch-mhadainn, uaireannan tron oidhche, 's a chuireadh am botal air a ceann:

An diabhal ormsa, an diabhal ormsa.

Calum Crois a' Mhargaidh fo iormaidh a' biorgadaich:

Eee, bhalaich. What a country.

Agus an Giullan, agus a phiuthar a bhiodh a' seinn: 'Bheir Mi O' agus às dèidh sin 'Show Mi Àirigh', faobhar na sgithinn air glainne. Uile marbh. Air an càradh fon ùir an cois na tuinne 's a-nis a' tilleadh thugam, duine bho dhuine – 'Murmur mildly to me now'.

— Whasat, Jimmy?

— Tranter Reuben, arsa mise. Sìn a-nall am botal, fhir chaoil.

Cha robh e air dad dheth a dhèabhadh. Bha e na shuidhe le a làmhan paisgte mu ghlùinean, car na cheann gam choimhead.

— Tha mi 'n dòchas gun aithnich thu rithist mi, arsa mise.

Thuirt e rium gu robh mi ann an suain, a' bruidhinn broileis a choreigin nach robh e a' tuigsinn agus, na bheachd-san, nach tuigeadh duin' eile na bu mhò.

— Tha do bheachd-sa, arsa mise, cho suarach agam ri sgeith a' chait ghlais, sgàrd na bà sgàrdaich.

Thuirt e gu faodadh e bhith ceàrr, ach gur e broileis na bids a bh' ann, say what you like.

Rinn mi durrghan dubh-dorch. Thuirt mi ris gu robh e air 'broileis' a dh'ràdh dà thriop a-nis.

— Shite, ars esan, a-rèisd.

— Dè?

— Shite a-rèisd a-rithist. An sgrìobh mi sìos e?

Cha tigeadh diochuimhn' aig' air, am madadh. Dhùisg spiorad na murt annam.

— Air do chasan, arsa mise ann an trom-fheirg, a' feuchainn gu mo chasan lapach fhìn. Sheallainn-sa dha – fuil agus feòil agus smior nan sonn a fhuair an àrach agus a sheas san àrach gu smiorail treun. An èighinn 'Cruachan!'? An èighinn 'Cabarfèidh!'? Chaidh sinn an glaic a chèile agus fhuair mi an ceann aige eadar an dà shùil – ceann mar chlach 'Ain Geàrr. Chunna mi planaidean ùra, fras shradagan. Tharraing mi sìos leam e anns an dol sìos. Bha e ag èigheachd: Mo dhruim! Mo dhruim! gam bhòdhradh gu bàs. Cha robh air ach am botal gin a thoirt dha mun chnuacan, ged nach biodh ann ach gun dùineadh e a chab. Agus dhùin. 'S bha sìth air an t-sliabh, dithis nan sìneadh 's na sgàilean a' teiche. Latha glas eile.

Thill mi gu meòrachadh.

B' an-èibhinn mo latha air an talamh. Ach thuig mi nach robh e gu math sam bith dhomh a bhith air mo shlugadh aig m' aois ann an sloc an eu-dòchais, eu-còirich, sloc na mì-mhisneachd agus, na bu mhiosa buileach, an t-sloc uamhainn. Cha b' fhiach iad, na slocan. 'S cha bu luach. Taigh Uilleim orra, taigh Raghnaill.

Sheall mi ris an t-slocaire a bha ri mo thaobh na chadal. Bha fiamh a' ghàire air aodann agus shaoil leam nach b' e droch isean a bh' ann idir. Dh'fhaodadh gun cuidicheadh e mi. Às dèidh corraich, càirdeas. Ach dh'fheumte a bhith modhail, agus umhail dha gach-a-chèile, ged nach cuirinn mo lèine air a' gheall.

Dh'fhosgail e sùil. Bha sgeun innte.

— Latha glas eile, arsa mise.

Thuirt e gun bhris mi an druim aige; thuirt mi nach do bhris na bloigh 's an robh e ag iarraidh bracaist, cana Super Lager. Thuirt e gun cuireadh sin às a chiall e; thuirt mi gum b' fheàirrde duine a dhol às a chiall aig amannan, agus air dha seo a chothrom-achadh hiom-haw agus hiommm, chaidh e leam agus ghabh e an cana. Dh'fhosgail mi fhìn an cana eile agus dh'òl sinn iomadh deoch-slàinte, a' tòiseachadh leinn fhìn agus leis a' bhaile agus Sir Walter Scott agus Jimmy Shand and his band. Sheinn mi:

Deoch-slàinte chabair fèidh seo
Gur h-èibhinn 's gur h-aighearach!
Ge fada bho thìr fèin e,
Mhic Dhè greas g'a fhearann e;
Mo chrochadh is mo cheusadh
Is m' èideadh hiom-haram e,
Hìream haram hò-rium
Nuair dh'èireadh do chabar ort!

Dh'innis mi dha gur e òran cogaidh Gàidhealach a bh' ann mu dheidhinn duine le fèileadh air an robh adhaircean a' fàs. Dh'fhaighnich e dhomh carson nach robh fèileadh ormsa, duine fraoich às na boglaichean.

— Socair a-nis, arsa mise ris, air do shocair, fhir mhaoil.

Thug mi balgam às a' bhotal agus balgam às a' chana. Rinn mi òraid mun èideadh Ghàidhealach, a' togail trì puingean mar bu ghnàth leinn:

Puing a h-aon – saltair fo na casan e;

puing a dhà – bruich e;

puing a trì – ith e.

Salchar aodaich, thuirt Dòmhnall Iain Dhòmhnaill Duinn,

a bh' anns an Fhraing sa chlàbar. Am poll na leacan cruaidh air
chùl nan glùinean againn, ars esan, a' sracadh a' chraicinn. Na bi
dol ga innse dhomh.

Balgaire rud, ars Alasdair Mhurchaidh Mhòir. Bha na mialan
ag àlachadh anns na pleataichean, clann an diabhail, a' buntainn
ri mo rian 's mo reusan. Na bi dol ga innse.

— Mar sin dheth, 'ille chrùbaich, arsa mise sa cho-dhùnadh,
taigh na galla leis a' bhreacan ùr agus suas leis a' bhriogais uallach,
O hinim-ì, agus gu seachd àraidh an trusgan as fheàrr a thàinig
a-riamh a thìr nam bealach: to wit, am boilersuit – cò eile?

Thug mi balgam às a' chana.

— John Riach, thuirt e, a' sìneadh a làimh thugam.

— 'Ain Mac Fhearchair, arsa mise, cràidhteach tinn agus sgìth
làn dochair.

— Anne?

Dhùin mi mo shùilean.

An ceann greis, sheinn e. Bha a ghuth binn, mar an smeòrach
sa mhadainn le na h-uimhir dhan tùchadh. Bha an t-òran aige
cianail, tiamhaidh:

Martinmas wind, when wilt thou blaw,
And shake the green leaves off the tree?
O gentle death, when wilt thou come?
For of my life I am weary.

— Tha guth agad, arsa mise, ag iargain na bha bhuam.

— A bheil?

Thuirt mi ris nach cualas air cruit-chiùil no fiù 's air an t-saltair
ghrinn ceòl cho taitneach.

— Inneal-ciùil nan teuda deich, arsa mise.

Cha robh e ga mo thuigsinn; cha robh mi fhìn ga mo thuigsinn, ach chòrd e ris gun chòrd e rium. Chaidh e dhan a' cheann aige, mar a thachair dha Murphy aig leabaidh fhuar O'Reilly.

— Great, eh? arsa Seonaidh Riach. Thug e steallag às an gin agus sheinn e trì eile.

A' chiad fhear, 'Crazy Heart' le Hank Williams.

— Go on and break your crazy heart, sheinn e le glug agus glacadh anail, bhon a' chridhe, dìreach bhon a' chridhe. Nuair a chrìochnaich e, thuirt e ann an guth sòlamaichte gun do bhris cridhe Hank Williams agus gur e sin a thug bàs dha. Agus thuirt mise rium fhìn 'Bollocks' agus risesan gun theab mo chridhe fhìn briseadh cuideachd ag èisdeachd ris an òran. O Lord . . .

Sheas e. Dhùin e a làmh chlì agus chuir e gu bheul i mar gum biodh micreafòn innte; bha e a' gluasad na tèile le ruithim a-null 's a-nall:

B-dù, b-dum,
B-dum, b-dum,
South of the Border, down Mexico way,
That's where I fell in love
When stars above came out to play . . .

Dh'fhaighnich mi dha an e Frank Sinatra a bh' ann. Thuirt e nach b' e ach Uncle Eddie, gur e siud a bhiodh e fhèin 's na pals a' seinn air a' bhus bho Bathgate oidhche Shathairn:

And now as I wander
My thoughts ever stray
South of the Border
Down Mexico way!

'S mus d' fhuair mi air èigheachd 'Hurrah!' bha e a' stialladh air dàn spioradail le iolach shuilbhir ait: 'I will cling to the old ragged Cross'.

— Rugged Cross, arsa mise.

— Eh?

— Rugged. Cross.

— Ragged Cross.

— Rugged.

— Ragged! 'Ragged' a bh' aig m' uncail Eddie, 's mas e 'ragged' a bh' aig Eddie, 's e 'ragged' a th' ann.

'I will cherish the old ragged Cross!' sheinn e. Oh, bollocks. Bha mi 'n impis a toirt dha mun pheirceall nuair a chuimhnich mi air gliocas Hotchak: Cleachd foighidinn 's na can ach 'Well'.

Ach cha do leig mi leis an còrr a sheinn.

— Fòghnaidh na dh'fhòghnas, thuirt mi ris. The appetite, arsa mise, le uaill agus ùghdarras, may sicken and so die. Agus a' bruidhinn air 'appetite', nach robh a làn-thìde pork pie no slaighse spam a chur air an stamag; rionnach smocaig, bonnach bruich. Bha am botal falamh; cha robh driog sa chana. Nach b' fheàrr togail oirnn a-nis?

Thug mi dha an còta mòr an àit' a' chasaig a bha mu dhruim agus choisich sinn Gall-Gàidhealach a chum a' chath.

— Tha thu fon choill, thuirt e.

— Tha.

Thuirt e gu robh rùm a bha falamh anns an togalach san robh esan.

— Glè mhath, arsa mise.

Thuirt e gum bruidhneadh e fhèin ris a' bhoireannach leis an robh an togalach.

— Glè mhath, Seonaidh, boy.

— Mrs Armstrong, ars esan. Bho na Crìochan. Down Mexico
way.

* * *

Chuir mi an liomaraidh sìos air a' bhòrd a bha ris an uinneig;
bòrd le sgiathan, air a losgadh aig na h-oirean le fags, air a
chomharrachadh le na làraich a dh'fhàgas mugannan sruthanach
cofaidh, copanan còco fòs a' cur thairis. Gheibhinn clobhdan-
sgùraidh, chuirinn rusp ri na h-oirean.

Bha an rùm fuaraidh; an uinneag dùinte, dubh le stùr na sràid,
spùtail dhruidean. Fhuair mi air a fosgladh agus leigeil a-steach
àile gheàrrta Chabhairn nam Bò.

Bha dà shèithear agam, preas, preas-aodaich, ciste-dhràthraich-
ean. Tha mi sgàigeach 's chaidh mi an sàs annta. Cha do dh'fhàg
mi cùil: cùl a' phris, broinn a' phris; tharraing mi a-mach gach
drathair, tharraing mi air ais an t-aodach-leap 's chuir mi car
dhan bhobhstair. Cha robh sniodh, cha robh sneaghan. Cha robh
laomainn no breabadair-ladhrach no cuileag ghorm, cuileag
shalach na cadal fada geamhraidh. Bha an t-àite agam dhomh
fhìn.

Rud a b' fheàrr idir, bha sinc agam, agus teine – gas a' Chuain
a Tuath. Chuir mi thuige an teine gas: leig e brag mar gum
burstadh tu poca pàipeir, 's chaidh e bàs. Chuir mi car dhan tap:
thilg i sglongaidean trom tombaca, 's an dèidh cartadh a slugan,
thàinig steall brais a las gu frasach nam aodann, a' drùdhadh tro
mo lèine 's a' dol na lèig air an làr. Leig i ràn aiste, an tap, nuair
a gheàrr mi dheth i, agus leig mise asam sruth coimheach de
chainnt nach b' fhonnmhora fonn.

Chaidh mi chun nam pocannan a bh' air a' bhòrd; dh'fhosgail mi am botal Jack Daniels, ghlan mi an aona chopan a bh' ann agus dh'òl mi. Leis an treas tarraing dh'fhairich mi na b' fheàrr, a' sìoladh sìos, am bourbon a' sgaoileadh a choibhneis trom bhodhaig. Agus bheachdaich mi an uair sin air na rudan a fhuair mi anns na bùithtean, Riach gam stiùireadh 's an cùrsa rèidh.

Bha stuth ann am botal airson m' fhalt a ghlanadh. Agus an fheusag, a bha odhar riabhach.

Bha stuth ann am bogsa airson m' fhalt agus m' fheusag a dhath. Mo mholan agus mo rasgan mar an ceudna, nam b' e sin mo thoil. Bhithinn mar O'Reilly nach bu bheò, cafach ruadh.

Bha glainneachan ann le glainne phurpaidh.

Agus aodach ùr à bùth Strachain: bonaid-snàth le putan air fhuaigheal na mhullach; còta gorm pòcaideach le coilear bian, agus briogais khaki teann mu na h-iosgannan. Cha robh mi glè chinnteach mun bhriogais – bha e a' tighinn gu làidir a-steach orm gum b' ann le seann Strachan a bha i 's gu robh i air ann an Cogadh Afraga, e a' bramadaich innte ann an dian-theas Bhloemfontain.

Fhuair mi paidhir ùr bhròg, 's ged nach robh bucaill gan dùnadh, shiùbhlainn fada leotha.

Thàinig Riach a-steach. Bha botal braich aige – a' Chearc-Fhraoich – agus dà chopan sìonaidh.

— Càite, arsa mise, an d' fhuair thu na copanan fine-boned pristealach bristeach sin?

— Pax, arsa Riach.

— Pax, arsa mise, gu dearbha. Agus Radox agus cadal suaimhneach air do chluasaig.

Dh'òl sinn.

— Chunna mi uair, arsa mise a' dol air sgèith, muga seipeinn sìonaidh air bòrd 's mi a' dùsgadh à droch chadal. Thàinig duine sàmhach a-steach dhan rùm san robh mi. 'Have some juice,' thuirt e, 'when you're better.' Agus dh'fhalbh e, agus sheall mi. Bha am muga an sin, rianail agus reusanta mar an duine. Ach cho fada fada bhuam. Chuala mi ceòl san t-seòmar àrd. Lacrimosa.

— Harmony, arsa Riach.

— Tàmailt, arsa mise.

Thog Riach am bucas anns an robh an dath a chuireadh dreach is coslas nuadh ruadh air m' aogais.

— Harmony, ars esan. Ye right then, Jock?

Cha robh cuimhne agam cuine a fhuair mi a leithid a thaosnadh, uimhir a dh'fhàsgadh. An latha a thug mi 'n daoibhe a dh'òcrach Mhurchaidh Bhig? Oidhche nan ochd mialan deug? Biodh sin mar a bhitheas mar a bhà. Bha spuirean cruaidhe Riach an sàs nam cheann, a' sgrìobadh a' chraicinn, a' liacradh stuth nam botal a-null 's a-nall. Bha e a' seinn 'D'ye ken John Peel?', mise ri mionnan agus an gaorr ud a' dol na shruthanan nam shùilean sìos cùl m' amhaich. Ann am meadhan na spàirn, aig àird na h-uspairtich, dh'fhaighnich e dhomh dè thachair, dè an gnìomh a rinneadh 's gu robh luchd nam putanan faileasach cho mòr an tòir orm.

Cha tug mi dha mòran.

— Bha sabaid ann, thuirt mi. Stramash.

— Cuine? dh'fhaighnich Riach.

— Càite? dh'fhaighnich Riach.

— Ann an talamh-toll.

Sìos gun tàinig an ceann aige bun-os-cionn taobh an fhuaraidh dhìom. Sheall mi dhan a' chuinnlean, air a sgiolladh aig cus pioclaidh, cuislean briste. Thug mi sùil air an t-sùil, biorach agus domhainn dubh na cheann. Bha an ceann fada agus caol agus liorcach, cluais bhuidhe lìtheach a' feitheamh orm.

— An deach duine a mharbhadh? A mhurt?

— Teich leis an aghaidh sin, thuirt mi. Bha fàileadh dheth, gus mo thachdadh gu bàs.

— Na mharbh thu duine?

Pyorrhoea a bh' ann, am fàileadh, as opposed to diarrhoea, ach a cheart cho grabhail, leagadh e an t-each.

— Robh sgian agad? dh'fhaighnich e.

— Robh gunna? Smith & Wesson ·22, eh? ·375?

— Pu! arsa mise, clìoraig.

Rug e air poca plastaig, a tharraing e sìos mun cheann agam. Chuir e poca eile mun fheusaig, agus dh'iarr e orm a bhith furachail fad leth-uair a thìde fhad 's a bhiodh esan a' meòrachadh air mo staid chaillte. Shuidh e sìos an uair sin air bonn na leap leis a' bhotal bourbon. Bha e mar an radan. Sleekit, biorach.

Cha robh mi glè chinnteach dè bha fa-near dha Riach, carson a bha e cho fritheilteach 's a bha e.

— Hoigh, arsa mise, nuair a bha mi ruadh mu choinneamh, innis dhomh carson, mar a thuirt Faustus ris an t-Sàtan, a tha thu cho math dhomh?

Thuirt e gu robh cridhe mòr ann, taobh nan Logans.

— Seòrsa de Chrìosdaidh? arsa mise. Samaratanach?

— An dearbh rud, ars esan. Samaratanach, taobh Logain.

B' e na Logans agus Eddie bràthair a sheanar a dh'ionnsaich na h-òrain dha: 'We are na fou, we're nae that fou', a sheinn e cho àrd 's gun tàinig gnogadh air a' bhalla agus gurmalaich na dhèidh sin.

— Agus dè a-nis, arsa mise, mu do dheidhinn fhèin, 'ille chaoil? Do dhol a-mach agus do theachd a-steach?

Mu dheidhinn fhèin bha e dùinte. Bhiodh e a-muigh tron oidhche agus a' cadal feasgar.

Aon fheasgar, chaidh duine dhan rùm aige agus phronn e Riach. Fhuair cailleach nan Crìochan e, na laighe air an làr, gun bhliam. Bha an fhuil ris agus bha e air a shalach fhèin. Thàinig i thugamsa agus chaidh mise dhan fhàileadh le uisge goileach agus TCP.

— Cò bh' ann? dh'fhaighnich mi.

— Carson? dh'fhaighnich mi.

Cha tug e dhomh mòran.

— Big shite, thuirt e. Bha drèin air aodann, saoghal na pèine.

— 'N e d' asnaichean a th' ann?

— M' asnaichean, ars esan, agus mo dhubhagan agus mo ghobhal. Cha dèan mi 'n còrr a-chaoidh.

Lìon a shùilean le deòir, an duine bochd nach deanadh an còrr. Fhuair mi bann dha na h-asnaichean aige, bourbon dha na dubhagan agus acfhainn dhan ghobhal. Zinc agus Castor Oil. Dh'innsinn dha mun chastar-oidhle: pronnasg agus lèirsgrios, sradagan ann am poit! Ach bha an truaghan ann an èiginn gu leòr.

Bha an rùm aige grod: eadar biadh loibht agus bainne goirt, leann a chaidh a dhòrtadh, curry a chaidh fhàgail, fags air an ditheadh dhan t-soitheach ime a' seòladh anns na mugannan cofaidh. Ach b' ann aig na brògan briste breòite a bha an t-urram a b' àirde. Agus aig na stocainnean a bha air an làr a' lobhadh – bha rudan beò annta, an dearg-phlàigh. Bha clobhd agam teann ri mo shròin a' dol dhan chath.

B' ann aon latha Luain ri uchd blàir a laigh mo shùil air a' phàipear-naidheachd. Bha e air a thilgeadh air falbh, ma b' fhìor coma-co-dhiù, ach fosgailte aig na facail 'Vicious Attack', agus dealbh, a chur crith fuachd tromham, de Walter 'Shrapnel' Anthony Watson. Thuit m' aigne gu làr, thrèig mo neart mi gu tur, agus mar Bhelshazzar o shean, bhuail mo ghlùinean an aghaidh a chèile. Ach thog mi am pàipear agus leugh mi gu robh Walter Anthony Watson, 63, 'struggling for his life' an dèidh dha duine an sgian a chur ann. Bha am poileas ga fhaicinn mar 'attempted murder' agus bha duine an grèim aca a bhiodh iad a' ceasnachadh a dh'aithghearr.

Sheall mi ri Riach na shìneadh 's a shùilean letheach dùinte gam choimhead. Bha mo cheann na bhrochan. Chuir mi am pàipear fo shròin.

— Dè tha seo? arsa mise, a' putadh sròin an Detective-sergeant le corrag iomagaineach. Cò às a dh'èirich e? Carson a bha thu ag iarraidh ormsa fhaicinn?

Cha robh mi agam fhìn, cop rim bhus, agus sùilean Riach a' sioftadh slaodach gu pàipear eile a bha anns an sprùilleach air uachdair na leap. Chaidh e ga thogail ach spìon mi às a làmhan e, agus sheall mi ris an dealbh identikit a bha 'n teis-meadhan na duilleig, m' fhuil na leum. Leugh mi 'Suspect Escapes!', ag àithne dha daoine gun a dhol ro dhàn air, gum faodadh sgian a bhith aige. Sheall mi ris a-rithist: bha na h-uimhir a dh'ìomhaigh aige rium gun teagamh, ged a bha na sùilean ro fhada bho chèile, na bu choltaiche ri Iain Bull, mac piuthar mo sheanmhar a dh'fhalbh air an long-chogaidh. A thuilleadh air a sin, bha an t-sròin flat 's cha robh an làrach a dh'fhàg William James Smith, geal fon t-sùil, buileach ceart.

— 'S tu th' ann, arsa Riach.

Thug mi leum asam agus rug mi air sgòrnan air. Chaidh e balg-shùileach, bolgach. Leig mi às an sgòrnan aige.

— A mhastaig, arsa Riach, a' slugadh.

— Carson, arsa mise, a ghlèidh thu na pàipearan sin?

Thòisich e a' casdaich: Adh, adh . . . adh! Cha b' e casdaich a bh' ann. Rug mi air shròin air.

— Carson? arsa mise.

— Adh . . .

Dh'fhàisg mi air an t-sròin. Thàinig smuig.

— Okay! dh'èigh e. Leig às mi!

Le na beannachdan. Bha i sleamhainn fallasach, an t-srùp ud. Shuath mi mo mheòir air briogais Afraga.

— Okay, ars esan. Bha e mar seo: bha mi a' feuchainn ri cuimhneachadh cà 'm faca mi thu. Agus chuimhnich: an duine a choisich a-mach às an ospadal. Photo-recall – sin mise. Fhuair mi na pàipearan, agus sin iad.

— 'S carson am frithealadh, a' fuss?

— Buggered if I know.

Chaidh mi chun an sgàthain. Chan aithnicheadh iad gu bràth mi. Ach a dh'aindeoin sin, cha robh mi saorsainneil – bha cuislean a' breabail, sgeun an fhir-mhillidh annam.

Thill mi gu Riach. Chùm mi an dealbh identikit an-àirde ris, m' aodann ùr fhìn os a chionn agus cho faisg air aodann-san 's a leigeadh am pyorrhoea dhuinn.

— 'Eil mise colach ri sin?

Thàinig sitrich bhuaithe.

— Dè mu dheidhinn comharradh an t-Sàtain? Fon t-sùil?

Thàinig snòtraich.

— Dè bu chòir dhomh a dhèanamh?

Rinn e gàire cruaidh, amh.

— Aon nì fìor: cha dean thu do bhiadh dheth às m' aonais.
Ha!

Mharbhainn mac a' choin.

* * *

Bha mi air an t-sràid, mìos marbhadh nan lus, a' dol fo sgafailean.
Choisich mi na mìltean cruaidhe concrait, mìltean air mhìltean,
a' seachnadh thaighean-òsta, cùiltean agus còsan san robh
làrach mo cheum. Corr uair ruiginn cùl a' chnuic, a dh'òl na
gaoithe agus a choimhead ri na h-eòin a bha air an loch, air an
rathad, anns an fheur; a' glocadaich mu na casan, gun eagal
gun fhiamh, ag iarraidh biadh. Cha b' e siud na geòidh ghlasa
a ghànraich Buaile na Crois, no tunnagan fiadhaich Dhìbeadail.
'S e bha seo ach glamaisearan a dhiùlt an nàire; spìonadh iad na
molan asad. Ach bu chaomh leam iad, gu h-àraid na faoileagan
beaga, na ruideagan len casan dubha, bha mi duilich nach robh
an còmhnaidh anns na cladaichean àrd. B' fheàrr gu robh mo
chòmhnaidh fhìn ann – bothan àirigh eadar a' Ghil agus Dùn
Othail, a' cagnadh an arain agus a' cluinntinn fuaim bith-bhuan
na mara. À, well, nan tigeadh e gu h-aon 's a dhà . . .

Bha àiteachan eile air mo thriall a bhithinn tric a' tadhal:

an stèisean a bha shìos fon t-sràid, shìos ann am maodal mhòr
a' bhaile – glambar agus cabhaig gun chiall – shuidhinn stòlda,
dh'òlainn cofaidh mus rachainn suas a mheasg an t-sluaigh,
sàbhailte air Sràid MhicNeacail, a' greasad mo cheum air Sràid a'
Chlèirich mar dhuine ris an robh dùil 's gun dùil ris, agus a' stad

aig an Leabharlann nuair a thigeadh i gu neimheil bhon ear le fuachd is frasan, 's cha b' ainneamh sin – leugh mi *Old Mortality* bho cheann gu ceann, 523 duilleag, bha dùil a'm gun cuireadh e a' chlach-mhullaich orm Habakkuk Mucklewrath le rachd a' glaodhaich sgrios agus sgàrdadh chinn, agus sheasainn ann an Cladh nam Fear Glasa far an do chuireadh na Cùmhnantaich fo chuing; 's bha e uabhasach agus iongantach leam an neart a bha nan creideamh: 'They have shot at thee, my husband, but they could not reach thy soul . . .' Thar mo thuigse.

Bha dà aitreabh air an toirmeasg dhomh:

an taigh-tasgaidh dhan deacha mi a shireadh eachdraidh mo dhaoine; thug fear nam putanan aon sùil orm – 'No, no,' ars esan, leis a' chumhachd a bh' aige, 'out!' – agus Gailearaidh Nàiseanta na h-Alba, dhan deacha mi a shireadh blàiths agus a dh'fhaicinn Maighstir Walker, an t-Urramach treun, a' siubhal saor-chlèireach air an deigh. Thàinig fear a' bhonaid bhilich, a bhrògan le ùghdarras a' dìosgail – 'No, no,' arsa esan, 'off ye go!' Thog mi mo ghuth ris: thuirt mi gu robh e càirdeach dhomh, Maighstir Raibeart, a' dol air ais gu deireadh na h-ochdamh linn deug 's na b' fhaide. 'My ancestor!' arsa mise. 'Aye,' ars esan, 'that'll be right,' agus sheall e an doras dhomh. Bha i a' cur an t-sneachd.

Bha cur is cathadh ann nuair a chaidh mi air ais chun àite san robh m' acarsaid agus mo dhaingneachd uair, greis mus tàinig na droch làithean, mus do dhruid na neòil fo ghruaim. Dhìrich mi an staidhre, sheas mi aig an doras, chuir mi an iuchair dhan ghlas. Dh'fhosgail doras an taobh shuas dhìom; dh'fhosgail doras na b' fhaide shuas, agus fear eile shìos. Sheall daoine a-mach rium agus sheall mi air ais riutha. Cha tàinig iad faisg orm 's chan fhaicinn ceart cò bh' ann – direach an cumadh, dorch anns na dorsan. Bha e mar rud a thachradh ann an trom-laighe. Dh'fhuirich mi gus am bruidhneadh cuideigin. Cha do bhruidhinn.

— Well, good evening! arsa mise gu h-àrd lem ghuth. Fuar a-nochd an oidhche!

Cha tàinig aon diurra-mhig bhuapa. Theich iad agus dhùin iad na dorsan. Chaidh na glasan a ghlasadh, agus na claimhein a bhualadh a-null.

'S chaidh mise dhan rùm.

Bha e mar a dh'fhàg mi e: am pana buntàta agus am poca salainn; a' phoit-teatha agus a' phoit-mhùin dam b' ainm a' Heavy Bomber; an lamp-ola air a' bhòrd agus am bòrd-arain. Bha am bòrd-arain cruinn, agus bha facail air an gearradh grinn mun oir aige: *Tabhair dhuinn an diugh ar n-aran làitheil.* Thàinig leann-dubh air mo chridh' a' coimhead nan rudan sin a bh' agam: mo leabaidh air a càradh, mo phyjamas Damart air a pasgadh, agus an leabhar a bha mi a' leughadh – *An Gille-Ruith Nèamhaidh* le Mr. Iain Buinean – air a bheul-fodha fosgailte air a' chluasaig. B' ann an uair sin a dh'aithnich mi nach robh an taigh mar bu chòir dha: cha bhithinn air 'Ain Buinean fhàgail gu bràth mar siud. Chaidh mi chun nan dràthraichean – a dhà dhiubh – agus chunnaic mi gun deach ruith orra: bloody hell, mo vest agus mo shiomat agus mo dhrathars fhada chlòimh le na putanan-bàdaidh, bloody hell, rape! Cha robh sgeul air a' chèis anns an robh na pàipearan agam: na sgrìobhaidhean pearsanta a bha ag innse gun tàinig mi dha-rìribh chun an t-saoghail seo, gun chòir-breithe gun bheannachadh; teisteanas bhon mhinistear Gillìosa ag ràdh gu robh mi onarach agus dìleas agus upstanding

– cò chuireadh a' bhreug air? Bha litrichean ann cuideachd: litir
à Santiago bhom Uncail Bàrnaidh; tè à Montana bho Thormod
Spàinnteach; litrichean bhon taigh, nuair a bha an taigh ann. Air
chall.

Sheall mi mun cuairt agus, gun iarraidh, ghrad-bhuail an
t-eagal mi. Chuimhnich mi air an fheadhainn a bh' anns na
dorsan – dheigheadh iad chun a' fòn 's bhiodh am poileas a-nis le
ràn air an t-slighe! Chuir mi am bòrd-arain a bhroinn mo chòta
agus, a' leigeil soraidh leis a' Bhomber, thug mi mo chasan leam.
Bha iad anns na dorsan gam fhaicinn a' falbh.

— Well, goodnight! dh'èigh mi le mo ghuth gu h-àrd.

— Murderer, thuirt fear dhiubh, agus dh'fhairich mi falt cùl
mo chinn ag èirigh 's mi na mo dheann sìos an staidhre mar an
donas a-mach an doras.

Cha do shocraich mi mo cheum gus an d' fhuair mi a mheasg
an t-sluaigh a-rithist air an t-Sràid Rìoghail agus às a sin gu
Cabhairn nam Bò agus cailleach nan Crìochan.

Bha i a' feitheamh rium, Mrs Armstrong.

Cha do leig i seachad mi. Bha mi ag iarraidh suas dhan rùm
agam – Riach fhaicinn, mo cholas atharrachadh aon uair thuair-
eapach eile. Bu dìomhain dhomh. Dh'fheumadh i bruidhinn
rium, bha rud no dhà aice ri dh'ràdh, agus lean mi i mar an
damh chum a' chasgraidh a-steach dhan flat aice.

Chuir i thuige an teine, a tòin an-àirde agus a casan bho chèile.
Chithinn suas na sliasaidean na b' fhaide na b' fheàirrde mi.
Agus nuair a sheas i agus a shad i a còta, bha an dà chìoch aice
a' lìonadh a lèine agus na bu mhotha na maragan a' bhuachaille
a' toirt bhuam mo chiad-fàthan.

Chuir i thuige fag agus dh'fhaighnich i dhomh an gabhainn

uisge-beatha, agus gun feitheamh ri freagairt thàinig i thugam le glainne a bha làn gu beul. Rug mi air a' ghlainne le mo dhà làimh agus dhòirt mi a' chuid mhòr dhith sìos mo shlugan. Chaidh an còrr suas mo shròin agus na shruthanan sìos mo smiogaid. Cha do leig i oirre nach robh sin nàdarrach gu leòr 's chaidh i a' lìonadh na glainne a-rithist, ag ràdh ann an guth domhainn Lauren Bacall gum bu chaomh leatha duine ceart, a real man, ars ise, who can take a real drink.

Dh'fhairich mi na ballachan a' dòmhlachadh orm.

— Cà 'il Armstrong fhèin?

Cha do leig i oirre gun cual' i siud. Bhruidhinn i air Riach. Cha bu chaomh leatha an duine sin, cha robh e ceart. Cha robh e idir mar mise, ars ise, a' leasachadh mo ghlainne agus a' toirt ceum air ais gus sùil cheart a thoirt air duine ceart.

— Upstanding, arsa mise, a' cuimhneachadh air facail a' mhinisteir.

— Is it? Thilg i bhuaipe am botal 's gun sùil na dhèidh leum i orm. Thuit mi an comhair mo chùil air a' bhrat-ùrlair 's thàinig i sìos orm le iolach àrd, a' sèideadh teine a' tarraing aon chas às a drathars agus a' stialladh air mo chòta, mo bhriogais khaki. Shad i am bòrd-arain gu a cùlaibh, what the hell's that? Tabhair dhuinn ar n-aran làitheil, arsa mise rium fhìn, a' dùnadh mo shùilean agus a' cluinntinn fuaim na sràid a' tighinn 's a' falbh, a' tighinn 's a' falbh. Agus ma stadas an anail, smaoinich mi, ma dhìobras an cridhe – mas e seo an deireadh, O Dhè, maith dhuinn ar peacaidhean!

* * *

Cha do stad na bloigh, 's gu dearbha cha do dhìobair. Nach duirt Ailean a' Ghàrraidh rim athair gu robh cridhe an ailbhein ann; nach siùbhladh mo mhàthair na bòtannan agus na beannag mìltean mòra mòintich gun aon anail?

Bha mise a-nis a' siubhal shràidean a' bhaile seo, a' togail cùrsa air Lìte 's an Deep Blue Sea Café. Bha mi a' dol a choinneachadh Riach, gnothaich cudromach aige rium aig ochd uairean air an dot. Dh'fhàg e fios aig Mrs Armstrong a lìbhrig i dhomh nuair a thàinig mi thugam fhìn air mo dhruim air a' bhrat-ùrlair a' spleuchdadh suas dhan aodann aice.

— Dorothy.

— Dorothea.

— Na teirig ann, thuirt i.

— B' fheàrr dhomh.

— 'S fheàrr dhut a-rèisd, ars ise, do ghlanadh fhèin. Ach geall dhomh gun till thu.

— Cho cinnteach 's a tha 'm bàrr-gùc air do shròin. Cà 'il mo bhriogais?

Ach dh'fheumainn a dhol dhan amar an toiseach, suas gu mo chluasan ann an Radox Eucalyptus, agus an fheusag a ghearradh agus m' fhalt a nighe fon fhrasadair agus m' fhiaclan a sgùradh agus Soft Musk a spùtadh na stùr geal fom achlaisean.

— Tillidh tu, ars ise ann an guth ìosal Marlene Dietrich.

O, thilleadh, 's bhiodh an leabaidh cùbhraidh le mirr, àlo agus caineal, all the perfumes of Arabia, agus ghabhadh sinn ar sàth de ghaol 's gun fear an taighe aig baile. Agus rug i orm agus thug i pòg dhomh.

— Cuimhnich a-nis gun till thu. 'S na bi ro fhada.

Agus sin agad mise, air m' ath-nuadhachadh, ann an aodach agus còta clò Armstrong, a' dol chun Deep Blue Sea.

Bha mi rudeigin tràth, ach fhuair mi bòrd dha dithis air falbh bhon doras far am faodainn amharc gu dòigheil air mo cho-chreutair: a dhol a-mach agus a theachd a-steach, a chruth agus ìomhaigh gum b' iongantach leam. Chan fhàsainn gu bràth sgìth dheth.

Bha iad òg, a' chlann-nighean a bha a' frithealadh nam bòrd. Bha iad bòidheach, baindidh, banail.

— What would you like, sir? A falt cuaileach dualach rìomhach. Agus, O, mar a las a sùilean nuair a rinn i gàire rium. Togarrach a dh'fhalbhainn.

— Bourbon, a ghràidh, dha seann sgrath.

Bha an t-àite na chabhaig: fàileadh an lasagne, pizzas agus ketchup agus chips, tiùrr nan creach air gach truinnsear; fàileadh na h-adaig ròst agus ceò nam fags.

Bha an dà ròcais aig a' bhòrd ri mo thaobh a' blastadh orra gun abhsadh. Agus bha mòran casdaich eatarra agus còmhradh sgòrnanach mu varicose veins agus lighichean gun fheum, 's bha an dàrna tè – aon sùil dùinte agus fag ann an oisean a beòil – a' sgapadh na deathaich gus am faiceadh i ceart an tèile, òirleach de luath air an fhag aicese: ridiculous, so it is, 's gun e fhathast ach ochd uairean.

Ruith mi air na bùird eile. Sìos ris a' bhalla air mo làimh chlì: an teaghlach polyester: esan turquoise, ise lilac agus an dà bhalach ann an shellsuits, fiadhaich agus a-mach à rian. Cha b' urrainn dhaibh suidhe, cha b' urrainn dhaibh ithe – hamburgers agus beans, bha barrachd dheth air a' bhòrd agus fon a' bhòrd na bha air an truinnsear. Agus an coke, bha iad a' baisteadh a chèile leis, an tè lilac ag èigheachd, For fuck's sake, do something! agus an duine turquoise – ceann lom, tattoo air amhaich – a' compàirteachadh le uaill an gliocas a fhuair e: They're boys, Lynda. Boys!

Bu shuarach leis an fhear a bha air an taobh shìos. Bha a chùlaibh riutha 's a dh'aindeoin na glòir 's na gleadhraich, cha do thionndaidh e aon uair. Fiù 's nuair a thàinig am manaidsear a thoirt rabhadh dhaibh – "Yellow card, boys" – cha do thionndaidh e. Fiù 's nuair a thàinig am manaidsear agus an còcaire agus duine le sguab gan rotadh chun na sitig, cha do charaich e. Duine dha fhèin, le ad ghlas trilby agus còta glas mar chòta an demob, ag òl leann agus a' leughadh an *Evening Times*.

Tarsainn bhuaithe, agus ris a' bhalla air mo làimh dheis:

an duine aosd gaberdine agus an cù aosd aige, mongrel, solt aig a chasan ag ithe sausage. Nuair a chaidh na Polyesters àrd, sheas an cù agus shìn e a cheann agus sheinn e òran-coin nach do chòrd ri duine ach ris an duine aosda gaberdine.

— Hee, hee, thuirt e. Hear him! Tha's Robbie. Singing, aye.

Aon nì fìor, cha d' fhuair e èisdeachd bhon dithis air a thaobh shuas, nighean agus a màthair, nach robh a' cluinntinn no a' faicinn sìon seach balach beag roilleach reamhar a bha ceangailte aca mar uircean ann an sèithear àrd. Bha iad a' feuchainn biadh air agus dh'aithnicheadh tu gu robh còmhstri dhearg-loisgeach eadar an dithis:

— Come on now, Barry, nice yum-yum goodgie-goodgie-goo.

Bha beul Barry cho dùinte ri slige strùbain.

— Let me try, Sharon, ars an t-seann tè.

Goodgie-goodgie, ars an nighean. Yum-yum-yum.

— Gie's the spoon, Sharon.

— Come oan!

Dh'fhosgail Barry a bheul agus leig e ràn. Dh'fheuch an

nighean ri làn na spàin a chur sìos a ghoile, ach spùt Barry a-mach e agus leig e an ath ràn, na b' àirde.

— Wee shite! thuirt an nighean.

Thòisich an cù aosd a' rànail.

Thionndaidh an t-seana bhean air an duine aosd gaberdine.

— Gonnae tell that dog o yours, ars ise, tae bloody shut up!

Chuir sin an duine aosd troimh-a-chèile agus leum e gu chasan, air chrith agus a' bìogail. Cha robh ciall aig càil a thubhairt e, agus rinn e uimhir a chron air fhèin 's gum b' fheudar dha falbh. Chaidh dà Shìonach, a bha a' feitheamh, na àite. Agus thàinig dà bhoireannach òg, ullamh nan culaidh-sràide, chun a' bhùird a b' fhaisge dhomh. Shuidh iad agus dh'òrdaich iad Martinis. Cha robh an oidhche fhathast ach òg, ach bha na dubhain air am biathadh 's iad a' feitheamh ri muir-lìonaidh, muir-làn.

Bha mi air an trìtheamh bourbon – daoine a' falbh 's a' tighinn – 's cha robh sgeul air Riach. Agus fhuair mi mi fhìn, a dh'aindeoin 's na bha a' tachairt timcheall orm, a' tilleadh chun an duine leis an trilby. Bha rudeigin mu dheidhinn . . . an toiseach smaoinich mi gur e an ad agus an còta, an leud a bha na dhruim, a' cuimhneachadh dhomh maraichean na h-Àirde – Calum Crois a' Mhargaidh air lìobha air an t-slighe dhan Bhlack Bull, Aonghas Mòr Iain 'ic Sheumais. Ach cha b'e: rudeigin eile a bha seo, a' buntainn rium. 'S cha b' fhiach e. 'S chan fhaighinn air teiche bhuaithe.

Agus an uair sin – rud a bha neònach, mar bhruadar – shaoil leam gun dh'fhalbh a h-uile duine bha staigh: an dà ròcais, na Sìonaich, an nighean agus a màthair agus Barry beag uirceanach; clann-nighean na h-oidhche agus a' chlann-nighean bhòidheach a bha a' frithealadh dhuinn. Dh'fhalbh iad – le eagal nan sùilean, theich iad uile.

'S cha robh air fhàgail ach mise agus an duine seo. Agus mar gum biodh fios aige, mar gum b' ann ri seo a bha e ri feitheamh fad a bheatha, chuir e sìos am pàipear agus thionndaidh e.

Cha do sheall e taobh seach taobh, ach dìreach riumsa.

Bha na sùilean aige fuar, marbh.

Na fiaclan a sheall e dhomh: buidhe-uaine, gun aon bheàrna.

5

Shrapnel

Mar Lebhiatan, borb agus uabhasach a' tighinn gu uachdair na fairge: Walter 'Shrapnel' Anthony Watson – cò sheasadh na làthair? Às cuinnleanan a shròine thig deatach a-mach, mar à poit air ghoil, no coire. Bha iad ga choimhead a' tighinn timcheall, na lighichean agus na mnathan-eiridinn. Thug an operation uair a thìde agus trì-chairteil.

Chaidh a dhroch leòn: òirleach eile – cm gu leth eile – 's bhiodh gob na sgithinn air a dhol tro chridhe, ged a bha an cridhe sin cruaidh mar chloich. Rinn an sgian milleadh agus reubadh gu leòr an dèidh sin. B' ann dhan taobh chlì a chaidh a sàthadh, agus dh'fheumte cuislean a losgadh gus an fhuil a chasg agus dh'fheumte a sgamhan a tholladh agus pìob phlastaig a chur ann. Bha a' phìob ceangailte ri uidheam anns an robh motair a' srannail, a' toirt faochadh dhan sgamhan bho teannachadh-gaoithe – amhail 's mar a bheir braidhm faochadh agus aotromachadh dhan mhionach às dèidh rùbrub, pacaidean Liquorice Allsorts.

Bha iad a' cumail oxygen ris, masg ri aodann nuair a thigeadh saothrachadh air an anail.

Bha pìob aca a' dol suas a shròin agus sìos chun na stamaig, a' glanadh a-mach an t-salchair a bha innte, rùchd sleamhainn uaine mar lìonaraich.

Chunnaic iad air a' mhonitor gu robh an cridhe làidir, a' bliobadaich mar bu chòir. 'S an uair a dhùisg e, anns an ICU, chuir iad fuil ann. Chuir iad pinnt ann, às poca. Cò às a thàinig i, an fhuil sin? Dè bu ghnè dhi, bu threubh dhi? Cha dubhairt iad. Agus dhruid an dorchadas mun cuairt dùmhail dallanach, ga iathadh, chualas durrghail shìos na amhaich.

Dè nam b' e fuil poof a chaidh ann, pimp no paedophile, pervert a choreigin HIV-positive?

Chaidh a' bhliobadaich luath.

Dè nam b' e fuil an duine dhuibh – Mahommed Mohamet no Jomo Mbòko à Mombasa?

Chaidh a' bhliobadaich na bu luaithe.

Dè nam b' e fuil cùis-eagail de Ghàidheal, fineach fionnach fraoich a-nuas às na beanntan!

Chaidh a' bhliobadaich a-mach à rian. Chunnacas an diabhal dubh na shùilean, a dhùirn a' dùnadh. B' fheudar dha triùir a chumail sìos gus am faigheadh tèile – cò ach Mavis – air an t-snàthad a stobadh na thòin. Chuir sin na thàmh e, a' toirt dhaibh cothrom am poca-saline a chrochadh far an robh am poca-fala, boinne bho bhoinne a' dol sìos tiùb chun t-snàthaid a bha na ghàirdean. Driob. Biadh dhan chorp. Beathachadh.

Mar am beathach – O, fada na bu mhiosa: mar an donas fhèin ag èirigh à sloc na h-uamhannachd – chrath e dheth an t-òpar agus sheall e riutha. Bha ceathrar dhiubh ann ann am beul na h-oidhche, agus dà nighean agus Alsatian. Thàinig iad air gun fhiosd, ach bha e air a chasan a-nis air sràid nach robh a' dol a dh'àite, balla àrd aig a ceann. Sheall e riutha. Gràisg, eadar a còig-deug agus a h-ochd-deug – am fear ruadh gun amhaich, bhiodh esan a h-ochd-deug. Bha làmhach aige agus làn dùil a' cur gu feum. Bha slacain iarainn aig an dithis òg agus sgian aig an fhear shalach.

Cha robh teans aca.

Sheall e ris an dithis nighean. Bha iad caol, a' cagnadh. Thuirt an dàrna tè gu robh ise ga iarraidh an toiseach agus leig i osnaich na h-ana-miannachd aiste, a h-anail na h-uchd. Bha an cù aig an tèile air iall.

Cha robh teans aig a' chù.

Bha e air a chasan agus choisich e an coinneamh a chùil gus an d' fhuair e a dhruim ris a' bhalla. An uair sin smèid e riutha, gam fiathachadh thuige. B' e seo an seòrsa suidheachaidh a b' fheàrr leis, toileachas na chom, an fhuil a' seinn na cheann, na chasan.

Cha do mhair e ach mionaid bheag.

Let's ge' him, ars an cnapanach ruadh. Go for the bastard.

Thàinig e fhèin 's am balach salach nan deann còmhladh – the heavy brigade. Leum esan chun dàrna taobh, a' toirt uilinn le uile neart dhan fhear shalach mu chùl na h-amhaich. Chaidh e pell-mell dhan bhalla agus na ultach chun an làir. Cha chual' e glaodh-cogaidh an fhir ruaidh, an làmhach le buaidh a' sgapadh na gaoithe, gus na rug a' chròg air gu h-àrd taobh a-staigh na sliasaid. Bha i mar an stàilinn, a' chròg ud, gun iochd a' fàsgadh 's a' teannachadh. Thuit an làmhach agus theich a' light brigade, 's bha an cù na bu luaithe na duine aca.

Smuaislich e a-nis air a dhruim ann an àite geal. Thàinig smuaintean. Chunnaic e am balach salach ud a-rithist, cha b' ann air sràid-chùil na chrioplach ach ann an solais lasrach Dhonati's. Bha an ceann aige fo achlais duine; ceann circ, an fhuil ris an t-sròin, a' coimhead ris. Bha e a' tarraing meur bho chluais gu cluais, a' gealltainn gun deigheadh an sgian gu cinnteach fhathast air amhaich.

O, gun teagamh, bhiodh sgoltadh ann. Bhiodh fuil.

Dh'fheuch e ri cuimhneachadh air Donati's, oidhche nan seachd sian ud, agus a' ghràisg a bha a-muigh innte. Eadar a còig-deug agus ceithir fichead 's a h-ochd – an duine nach do phòs a-riamh, bhiodh esan a' streap ris a' cheud. Bha iad uile càirdeach dha Edna Boag – oghaichean, dubh-oghaichean, bha plàigh dhiubh ann – agus bha an duine aice mar am muncaidh air a dhruim nuair a chaidh a' chorrag na shùil, an sgian gu domhainn dian na thaobh. Chual' e Edna agus tè a' chait a' sgreuchail, daoine le uabhas a' toirt an casan leotha, am boireannach Eadailteach a' guidhe ri na nèamhan, ri na naoimh. 'S mus robh e seachad, fhuair e air aon bhuille nam buillean mòra a thoirt dhan fhear a b' fhaisge dha: Jack Daniel, a leig air falbh sruth fhacail – bu cho math dhut an cat.

Mus robh e seachad, bha Jack Daniel aige ann an grèim bàis, ga tharraing sìos tarsainn bhòrd is shèithrichean gus am b' fheudar mu dheireadh gèilleadh ann an lòn leanna. Cionnas a thuit an cumhachdach? D/Sgt. W.A. Watson, cionnas a thuislich e ann am meadhan a' chath? Bha e uair nach b' e siud àbhaist . . .

Ann an dùiseal cadail thàinig iad thuige: MacIlwraith – sgom; Riach – a' chruimh san fheòil; Francis Ignatius Coyle; agus romhpasan, Charlton H. Bulloch – b' iomchaidh an t-ainm

Bulloch, Bullocks, bastard, ga thoirt air ais chun ànradh sgoil far na thòisich agus far nach d' fhuair e am foghlam.

Bha e na sheasamh ri balla air falbh bho chàch, ach gan coimhead tro shùilean a bha letheach dùinte ag èisteachd rin cluich 's rin glaodhaich. 'S an uair a b' àirde a bha iad, nuair bu toilichte, thàinig Bulloch bho chùl na seada sam biodh am Pole – Eddie, janitor – a' gleidheadh nan rudan a bhios na fir-gleidhidh sin a' gleidheadh. Sguaban, bara . . . thàinig Bulloch, fag na bheul, bruailleanach. Chluinneadh e mar a dh'atharraich ceòl na cloinne bige, mar a chaill an còisir sunnd is suigeartas. Agus chunnaic e – a shùilean air fosgladh – mar a chùm iad orra a dh'aindeoin sin, mar nach robh càil ceàrr, mar nach robh Bulloch idir ann.

Bha e ann.

Chaidh e a-null chun fheadhainn bu treise agus dh'fheuch fear ri teiche. David Alfred Bennett, an gàire a rinn e cho beag-lochd.

Where the fuck do you think you're going? Bulloch roimhe mar throm-laighe, am bruadar bu bhuaireasaiche.

Toilet.

That'll be right, David, old son, ye fuckin' wimp.

An gàire a rinn e agus aogais air dhreach a' bhàis agus Bulloch a' sèideadh ceò Virginia na aodann 's ga toirt dha eadar an dà chas, an ceann eadar an dà shùil. Lùb Bennett. Dh'èigh e ach cha d' fhuair èisdeachd, cha tàinig cobhair. Leum a shròin, an fhuil na sruthanan sìos. Agus chuir sin Bulloch glan-bhuileach às a rian. Chaidh e na dheich cinn, a' tionndadh a-nis air càch: I'm a fuckin' vampire, me! Ruith an fheadhainn bheaga le eagal am beatha agus dh'fhan an fheadhainn mhòra seach gu robh iad mòr.

'S bha esan leis fhèin ri balla na fhianais air an fhòirneart gun chiall ud. Bha e a' miannachadh gun tionndaidheadh Bulloch thuigesan mus tigeadh an luchd-teagaisg agus Eddie, agus na poilis a bheireadh air falbh e. 'S bha fios aige gu robh fios aig Bulloch gu robh e ga choimhead agus a' miannachadh sin. Cha do sheall Bulloch an taobh a bha e.

Feasgar làrna-mhàireach, Bulloch aca an làimh, choisich e dhachaigh còmhla ri David Alfred Bennett.

Dè dheanadh tu air? dh'fhaighnich e dha. Nam b' urrainn dhut?

Mharbhainn e.

Cionnas?

Chuirinn fon talamh e.

Dh'innis Bennett dha mun aisling a bh' aige. Thàinig daoine mòra le ròp – posse, gun eich – agus dh'fhalbh iad le Bulloch agus thiodhlaic iad e. Chluinneadh e Bulloch fon talamh a' guidheachdan 's a' mionnachadh, 's bha eagal air gu faigheadh e 'n-àirde. Ach cha d' fhuair, 's nuair a thill iad chun àite ann am beul na h-oidhche agus a sheall iad, cha robh gluasad, cha robh fuaim. Bha e marbh anns an talamh.

Bha na daoine mòra duilich air a shon, arsa Bennett. Ghabh iad aithreachas.

Dè tha sin?

Bhiodh esan air an aon rud a dhèanamh. Chuireadh e an ròpa mu amhaich Bulloch, chrochadh e bho chraoibh e. Na b' fheàrr buileach, thiodhlaiceadh e beò e – talamh-toll, sin a thoill e. Aithreachas? Gar bith dè bha sin, cha robh e anns an t-soisgeul a rèir W.A. MhicBhàtair, ach sùil airson sùl mar bu chòir, giall airson giall, fiaclan, cluasan – what the hell, fry the bastards!

Agus ri na daoine meata sin a bha ag iarraidh gum biodh truas is co-fhaireachdainn againn riutha, bha a fhreagairt sìmplidh agus a rèir an t-seanfhacail: Cuir a' mhuc dhan an t-seòmar, 's ann anns an òcrach a stadas i.

Lìonmhor muc san òcrach. Agus aiste.

Nuair a thill Bulloch, chaidh e thuige.

Mise an ath thriop, Charlton Heston, thuirt e. Rug e air sgòrnan air. Chunnaic e an t-eagal ag èirigh na shùilean.

'Eil fhios agad dè nì mi? Chrath Bulloch a cheann.

Cuiridh mi fon talamh thu.

B' ann mun àm sin a dh'aithnich e gur h-ann ri samhail Bulloch a bhiodh a ghnothaich anns an t-saoghal seo. Bhiodh brùidealachd ann agus borbachd, lot airson lot, buille airson buille. Cha b' urrainn na b' fheàrr. Eadar a chadal 's a dhùisg, chunnaic e pàirt dhiubh a' gabhail seachad mar thannasgan: MacIlwraith – sgom; Riach – a' chruimh san fheòil; Francis Ignatius Coyle; agus greis romhpasan, a' tilleadh gu sràidean sear a' bhaile, Buster Hind, a chur am bonaid dheth.

B' e siud a' chiad triop aige a' falbh nan sràid. Oidhche Haoine, an conastapal Daphne Foubister – Big Daphne – ga stiùireadh.

That was Buster Hind, arsa Daphne, esan a' togail a bhonaid às a' ghuitear 's a' glanadh dheth an t-salchair. Bha grunnan dhaoine ga choimhead 's a' gàireachdainn – Aye, trust Buster.

Cà 'n deach e?

Jiggin', thuirt fear.

Fairlies, thuirt fear eile.

Och, forget it, thuirt Daphne. Come on!

Chaidh e còmhla rithe, an aghaidh a thoil.

He's no worth it, thuirt Daphne, ga oideachadh mu luchd na

h-oidhche – an dòighean, an cuilbheartan. Uaireannan, thuirt i, a thaobh Hind agus a leithid, bha e na bu ghlice dhut a leigeil seachad. Uaireannan, a thaobh cuid a dh'eucoraich 's luchd-reubainn – misgearan, meàirlich, a' ghràisg àbhaisteach – bha e na b' fhasa, mar an Lèbhitheach, gabhail seachad air an taobh eile. Uaireannan cha b' fhiach e an t-saothair . . . Uaireannan, agus uaireannan eile . . . an còmhradh a' falbh oirre na shruth, Daphne Foubister, 's i cho eudmhor, dùrachdach, ceàrr.

Sguir e a dh'èisdeachd rithe.

Bha Hind na cheann.

'S an uair a fhuair e air ais an oidhche sin dhan rùm, ghlan e e fhèin agus chuir e uime an t-aodach a b' fheàrr: a lèine gheal Raelbrook, seud dhan òr mu chaol an dùirn ga dùnadh; na cavalry twills, am peitean orains, an t-seacaid Daks. Agus mu chasan, brògan leathair bonn is leth-bhuinn Bayne and Duckett's. Bheireadh iad brag mhath air ùrlar-dannsaidh. Bheireadh iad brag air lurgainn cuideachd . . .

Bha Fairlies a-mach air a bhus: racaidean, ramalairean, rustaigean, rògairean; siùrsaichean is seòldairean, pòitearan fo bhuaidh na misg. Bha an ceòl a' tighinn bhon a' Harry Valentine Combo:

Be-bop
B' doo-be doo
Waaa!

Brilliant agus brilliantined.

Bha nighean ann an dearg-theas crochaichte ris anns a' Slow Foxtrot agus choisich e leatha suas agus sìos, agus sìos agus suas, agus a-null a-nall 's mun cuairt. Ghrad-thionndaidh gu fuachd

am blàths dhi, cheart cho math a bhith crochaichte ris an duine
ud air Sràid a' Phrionnsa – Ivanhoe no rudeigin. Chuir e bhuaithe
i nuair a chunnaic e Hind a' dol dhan taigh-mhùin. Chaidh e às
a dhèidh agus sheas e ri thaobh.

Hello, Buster.

Sheall Hind ris. Cha robh e ga aithneachadh. Thuirt e ris nach
robh sin a' cur iongnadh sam bith air, cha robh cho glè fhada
bho choinnich iad, an robh cuimhne aige idir air cho sgileil
sgiobalta 's a chuir e am bonaid dheth – Ha! Ha! Ha! burst a
gut. Mus d' fhuair Hind gu gluasad no guidheachdan, bha e
aige air falt cràiceach cùl a chinn, ga tharraing air ais 's an uair
sin air adhart gu h-uabhasach dhan bhalla. Spùt an fhuil agus
ghreas e leis dhan taigh-bheag. Thuirt e ris gu feumadh e a-nis
a ghlanadh, cha robh math a leigeil fo sgaoil leis an aodann ud,
chuireadh e na caileagan à cochall an cridhe. Agus bhaist e e
air a cheann-dìreach sa phana, a chasan, gun na winkle-pickers,
a' breabadaich na làmhan. Bha am fàileadh a' cur air, thuirt e.
Dè bu choireach nach robh daoine a' nighe chasan a bha loibht?
Bha e gus a thachdadh, gus dìobhairt. B' fheudar dha grèim a
ghabhail air a' chois chlì agus car a chur dhith. Chual' e cnàmhan
a' sgàineadh an àiteigin sna h-adhbrannan. An ràn a leig Hind,
cràidhte, goirt. Buster bochd. Dh'fhàg e e na chrioplach air làr an
taigh-bhig. Slàn leis an jiggin', Fairlies fare thee weel.

Bha siud san toiseach 's e an trèine a neairt. Cha robh a
dhòighean idir a rèir an leabhair; bha riaghailtean air am
briseadh leis gu tric. Agus thar nam bliadhnachan, eadhon leis
an aois, cha tàinig caochladh: bha e fhathast deiseil le gob na
bròige, 's nam b' fheudar, am baton. Chrathadh e an fhìrinn às
an fhear bu righinn; chleachdadh e reacòrdair. 'S nam biodh e

a' smaoineachadh gu robh a bheatha ann an cunnart, bhiodh gunna a-staigh na phòcaid – ·22 a rinn e fhèin le tuairn agus drile. Bha uimhir a choin 's a thràillean a' gànrachadh a' bhaile nach bu mhiste idir fras luaidhe suas toll na tòineadh.

Trì tursan a chaidh a thoirt gu beulaibh an àrd-cheannaird, Chief Superintendent Robert 'R.O.' Crawford M.B.E., pluicean agus losgadh-bràghad.

A' chasaid seo, arsa R.O. a' leughadh aig a' chiad choinneachadh, bho Elspeth Jane Elphinstone à Joppa . . .

Fruitcake.

. . . a chaill claisneachd na cluaise taisgeil ri linn buille a fhuair i bho phoileas anns an taigh aig caraid air Sràid Dhaniel air an 8mh latha den Dùbhlachd 's mar sin air adhart: dè th' agad ri dh'ràdh?

Bha i airidh air.

Nighean òg, sia bliadhna deug!

Junk-head.

Bhuail thu i!

Leum i orm! Le na h-ìnean.

Robh fios agad cò bh' innte?

Bha.

Elphinstone, for God's sake! Chan eil cho cumhachdach an cùirtean àrd a' cheartais. Agus bhuail thusa an nighean aige!

Bha i airidh air.

'S ma bha i airidh air, bu shuarach leis cò bu leis i: ge b' e nighean an àrd-Chaiàphais, nighean an rìgh gu dearbh a-staigh.

Dè 'n àird a th' annad? dh'fhaighnich R.O.

Sia troighean agus trì oirlich.

Dè 'n cuideam a th' annad?

Sia clachan deug gu leth. Ochd deug is còrr an-dràsta. Jaffa cakes.

Ochd clachan deug gu leth, arsa R.O. A' togail do làimh ri stiallag de nighean.

Chuir e bho obair e airson ceala-deug gun phàigheadh, ag àithne dha meòrachadh air dà earail a fhuair e bho sheanair, Raibeart Crawford O.B.E., a bha na àrd-chonastapal:

Na teirig a bheul bhoireannach;
na teirig a shabaid annta, ach dèan às mar an donas agus lorg
W.P.C.

Lorg e Vicki, a bha a' tighinn 's a' falbh fad nan ceithir latha deug. Dhèanadh i mar a dheigheadh iarraidh oirre, Vicki: biadh air a' bhòrd, a chuid aodaich air a nighe, a lèintean air an iarnaigeadh – rud sam bith, 's bha sin mar bu chòir. Agus bha Vicki cho toilichte agus an dòchas gum biodh i a' sealltainn às a dhèidh ùine mhòr, ga nighe 's ga bhiathadh eadhon na shean aois. An ceann nan ceithir latha deug, sheall e an doras dhi. Thuirt e gun d' rinn i glè mhath ach nach robh glè mhath math gu leòr – much obliged, ge-tà, agus cheerio.

Dh'fhalbh Vicki sìos an rathad, a baga air a gàirdean.

A' chasaid seo, arsa Big Chief R.O., a' leughadh aig an dàrna coinneachadh, bhon fhear-lagha MacUilleim, a' riochdachadh Arthur James MacIlwraith . . .

Sgom.

. . . a chaidh a thoirt dhan Western Infirmary glè fhaisg dhan bhàs an dèidh plobhdraigeadh bho phoileas na dhachaigh ann an Gorgie air an 10mh latha den t-Samhain etc. etc. Dè th'agad ri dh'ràdh?

Heroin, crack, salchar sam bith, bha e aige.

'S bha amadain gan cur fhèin ri drochaidean, gam bàthadh fhèin an Uisge Lìte . . . 's mura pàigheadh iad an cù, bha e cho math dhaibh a bhith marbh co-dhiù. Fhuair e a-mach mu MacIlwraith bho liùgaire de dhuine air an robh Riach. Sheall Riach dha far an robh MacIlwraith a' fuireachd, agus tràth aon mhadainn Shamhna chaidh e fhèin agus an t-oileanach, P.C. Tait, a thadhal air. Shealladh e dha P.C. Tait mar bu chòir dèiligeadh ri sgom.

Ruith Tait. Bha e tinn air an staidhre ach fhuair e air fios a chur chun an stèisein agus thàinig dithis, dìreach ann an tìde.

Cumaidh tu air falbh bho Tait, arsa R.O. Chuir e bho obair e.

Fuirichidh tu aig an taigh, ars R.O. Bidh sinn a' cumail sùil ort gus an gabh seo seachad.

Chaidh trì seachdainean agus sia latha seachad mus tug iad air ais e. Thàinig àrd-fhuaimneach a bhruidhinn air cunnartan mar luchd-naidheachd agus fir-lagha; breugan, mì-chleas agus briathran mìn. Cha b' e siud am fàsach iadsan a chur air dòigh; cha b' ann gun chosgais an droch nàdar a chuir MacIlwraith bho fheum. Dh'fheumte, ars esan, sealltainn dhan seo mus deigheadh na bu mhiosa leis agus, gun an tuilleadh dàlach, bha e ga chur chun an Dotair Dalgetty, lighiche-cinn.

Dèan suidhe, arsa Dalgetty, air an uirigh.

Shuidh e air an uirigh.

Laigh sìos a-nis, agus socraich thu fhèin.

Cha do laigh, 's cha do shocraich.

Hmm, arsa Dalgetty, a' leughadh agus a' breithneachadh na cùis. Hmm. Shuidh e mu choinneamh 's bha iad a' coimhead a chèile gun dùrd a dh'ràdh fad thrì mionaidean a bha cho fada ri bliadhna agus na b' fhaide.

D' athair, arsa Dalgetty an uair sin. Am biodh e gha do bhualadh?

Trì mionaidean eile gun dùrd, cho fada ri freasdal. Theann Dalgetty a' piocladh fhiaclan le bioran.

Do mhàthair, ars esan. Am biodh i gha do chlàbhadh?

Chan e do ghnothaich e.

Rinn Dalgetty gàire agus chrath e a cheann agus thuirt e gu robh e glè dhuilich ach gum b' e a ghnothaich e, 's am biodh esan a-nis cho math agus freagairt nan ceistean gun an còrr hmmaigeadh no hawaigeadh: an robh athair ga bhualadh? a mhàthair ga chlàbhadh?

Chuala an nighean a bha aig an deasg uspairtich uspairneach a' tighinn bhon t-seòmar uachdrach – sanctum sanctorum an lighiche Dalgetty. Bha i a' peantadh a h-ìnean agus rinn i fuaim – Ih! – nuair a dh'fhosgail an doras 's a chaidh an duine borb – colganta, calgach – le searragan seachad. Ruith i gu Dalgetty. Bha e geal, a' tuireadh air an uirigh. Bha an taidh aige, flùranach psychedelic made in Taiwan, air a tarraing cam mu amhaich, an snaidhm ud na bu chruaidhe na chuir Fionn a-riamh na chuairt air na coin.

Oh, Dr Dalgetty!

Thog Dalgetty anns an aithisg iomadh rud lèirsinneach tuigseach double-Duitseach. Bha uimhir aige ri dh'ràdh 's gu robh e do-dhèanta a ghabhail a-steach gu h-iomlan gun pep pills, 's chuir iad an aithisg an tasgadh R.I.P., ag aontachadh gur e duine geurchuiseach a bh' ann an Dalgetty agus gur e duine geur-leanmhainneach a bh' ann a Bhaltair A. MacBhàtair, conastapal.

Chaidh a chur dhan oifis far nach dèanadh e call. Agus ghabh na bliadhnachan seachad 's cha do bhris, cha do ghais iad e – cha b' e sin am beathach a bh' aca. Ghabh e ris an obair mar nach robh a-màireach air a ghealltainn: a' cur phàipearan an òrdugh a rèir na h-aibideil; a' leughadh aithisgean, chunntasan, fiosrachadh dhan a h-uile seòrsa bho ochd uairean sa mhadainn gu sia air an oidhche, uaireannan seachd, ochd no naoi air an oidhche a rèir na h-obrach, a rèir an fhacail: An rud a nì thu an-diugh, cha bhi e romhad a-màireach.

Chunnaic e nach robh an fheallsanachd seo idir a' tighinn air a cho-obraichean. Bha iad a' gabhail an cùrsa fhèin, mar a thogradh iad fhèin. 'No rest for the wicked,' chanadh iad, ag osnaich 's a' gearain 's a' cagnadh nam briosgaidean seòclaid.

Bha e gan coimhead. Sgrìobhadh e rudan na leabhar-sgrìobhaidh: na h-uairean obrach aca; na h-uairean san taigh-òsda; na h-uairean ag òl cofaidh – carson a bha esan a' pàigheadh an aon rud ris an fheadhainn a bha ga òl na ghalanan? carson a bha iad air an aona thuarastal ris? carson a bha iad dheth tinn cho tric? dè bu chiallta dha nervous exhaustion? Chaidh e chun àrd-fhuaimnich 's rinneadh Detective-sergeant dheth son a chumail sàmhach. Cha tigeadh dìochuimhn' aca air; 's ann a bha 'n ceasnachadh gun tòiseachadh. Aig inbhe ùr a-nis, cha leigeadh e seachad an rud bu lugha; rannsaich e agus b' aithne dha an dol a-mach agus an teachd a-steach, 's bha an t-eòlas seo na dhòrainn dhaibh agus cruaidh orra gach là. Chìte sgìths nan gnùis: cearcaill dhubha mu na sùilean, sùilean dearga deurach le dìth a' chadail. Thàinig dithis a-mach ann am broth 's chaidh clèireach gu cliobadaich. Na bu mhiosa, thòisich tè a' bàrdachd – clò-sgrìobhaiche an leadain beehive fo mhòr-ghruaim is airsneal:

Because I said I loved you
and you didn't bat an eyelid . . .

Bloody hell, an clèireach a' cumail grèim air a làimh:
Na ghabh thu do valium, Rebecca?
Chaidh a cur gu Dalgetty.
'S chaidh esan a chur gu Roinn ùr: sin a b' fheudar, mus
biodh iad uile-gu-lèir fo chùram is medication ann an taigh nan
ùmaidhean 's nam bochd.

Bha a chliù aca ga leughadh anns an Roinn ùr mus do chuir
e cas air stairseach. Cha robh duine deònach a dhol còmhla ris
agus dh'aithnich e sin agus rinn e e fhèin suas riutha air dhòigh
is nach biodh eagal no iormaidh orra na làthair, 's gum biodh iad
ga fhaicinn mar charaid agus mar chùl-taice dhaibh, na cùisean-
caca.

Bha a ghnothaich ri cuirp agus closaichean; cha b' annas sin.
A' chuid mhòr dhiubh daoine a chuir làmh nam beatha fhèin, no
seann fheadhainn, marbh ann an rumannan grod gun ghuth aig
duine orra no cuimhne. Bha gràin aigesan orra – ged nach biodh
ann ach am fàileadh a bha a' tighinn bhuapa, ged nach biodh
ann ach an rannsachadh gun stàth a dh'fheumte a dhèanamh
nan dèidh. Bha e ag iarraidh murt. Bha e ag iarraidh murtair,
ealanta, seòlta, a chuireadh gach poileas dhiubh gu dùbhlan le
tàir is magadh. Dè b' fheàrr na dhol an lorgan an t-seòrsa sin, tro
shràidean-cùil is chùiltean dorcha san cluinnte cràidh a' bhàis?
Èibhinn an obair an t-sealg. Fhuair e Francis Ignatius Coyle.

Bu shuarach am peacadh nach do pheacaich Coyle. Cha robh
èildear no sagart ann, easbaig, àrd-dheucon no modaràtor, a
b' urrainn a shaoradh on olc. Eadhon Loyola fhèin, nan tigeadh
e 'n rathad, nach biodh air fheuchainn chun an smior a' chùis-

uabhais seo a theasraigeadh o lasraichean acrach an t-sluic, dìosganaich is pronnasg. Cha robh air a shon ach cùis-uabhais eile mar e fhèin . . .

. . . agus a' chrìoch, nuair a thàinig i – deireadh na sgeòil – cha bu tlachdmhor i, no idir bòidheach.

Bha Coyle air an uinneig, a làmh mu bheul a' bhoireannaich, an sgian ri a h-amhaich. Bha e air a' chlann a leigeil às – triùir bhalach. Bha leanabh ann fhathast agus am boireannach ann an grèim aige, ann an gàbhadh, gus an tàinig esan – a cheum air an staidhre, a ghnogadh air an doras. Cha chumadh doras e.

Chual' iad a-muigh an gunna ga leigeil agus an uair sin sgreuchail ain-diadhaidh a' bhoireannaich:

You killed him, you bastard! You killed my man!

Thug e dhi cùl nan còig tarsainn am peirceall.

Dh'fhalbh a sùilean, chuir iad car na ceann; dh'fhosgail a beul 's chaidh i fo laige aig a chasan.

Bu mhath dhutsa, thuirt an ceannard-ceud, nach do mharbh thu ise cuideachd.

Chief Superintendent Crawford, M.B.E. Bha e a' bruidhinn ris. Ri taobh na leap, a' bruidhinn ris.

Thionndaidh e.

Cha b' e aisling, cha b' e bruaillean a bh' ann – bha R.O. gu dearbha an sin, a mholan air druideadh dorch ri chèile. 'S cha b' e Coyle a cheann-còmhraidh. B' fhada bho bha Coyle ann. Ghabh e seachad. Chaidh a chur fon talamh. 'S e bha seo ach sgeulachd eile.

— Eil thu 'g èisdeachd rium?

Bha e ag èisdeachd, 's cha mhòr gum b' urrainn dha creidsinn an rud a bha e a' cluinntinn:

— P.C. Desmond MacCafferty... dereliction of duty...
suspect MacLugran escaped...

Fhuair e às!

Suspect MacLugran – dh'èirich e, chuir e uime, dh'imich e!

Dh'èirich Crawford. Thuirt e gu robh e toilichte cluinntinn
gu robh a neart agus a shlàinte a' tilleadh 's nach b' fhada gus am
faigheadh e dhachaigh. Thuirt e gu robh fadachd air fhèin gus
an leigeadh e dheth a dhreuchd, a bheatha mu dheireadh thall
sìtheil, gun sàrachadh gun strì. Bhiodh tìde airson rudan ùra:
leughadh – a liuthad leabhar nach do leugh e! – agus sgrìobhadh
– bha e a-riamh dèidheil air bàrdachd...

Bloody hell.

...agus ceòl, gu h-àraid opera – agus a' coinneachadh dhaoine
aig an robh ùidh anns na h-ealain sin: bha mòran ri dhèanamh
– seòladh, 's dòcha, no dìreadh bheanntan – saor-làithean ann
am blàths na grèine, agus cùl gu bràth ri beatha a tha aonranach
truagh, grànda agus brùideil.

Chrom e a cheann thuige – fàileadh Havana.

— Walter?

— Dè?

— 'Eil thu gam thuigsinn?

Bha e ga thuigsinn.

— Fàgaidh tu seo againne.

Thog e leis a chòta agus an ad.

— Agus cuimhnich, ars esan, rudan ùra gu leòr a dh'fhaodas
tu a dhèanamh.

Dh'fhalbh e. Slàn le bàrdachd agus ceòl. Opera – balach
reamhar Donati: Vincerò! Vincerò!

Thàinig gàire air aodann. B' fhada 'n t-saoghail bho Donati's
is mar a thachair. Rinn e gàire.

MacLurgan, eh! MacLugran.

Dh'èirich MacLugran agus dh'imich e.

Mar Bhehemot, dh'èireadh esan cuideachd, 's cha robh feachd air druim na cruinne a chuireadh gu bràth stad air gus an stadadh è.

6

Snapshots

I

Tha duine caol geal le aghaidh cham na shuidhe an-àirde ann an leabaidh ospadail, tiùrr chluasagan ri dhruim agus dhà ri cùl a chinn. Chan eil e cho geal ri na cluasagan, no cho glan. Nam biodh an dealbh ann an dathan kodak-khromatikos, chitheadh tu nach ann buileach geal a tha e idir ach buileach buidhe agus air seargadh. Tha an t-aodann fada agus caol agus cam, a' fiaradh suas, beul is sròin, chun taobh a deas. Chan eil anns an taobh chlì ach an craiceann agus an t-sùil. Saoilidh tu gun deach an t-sùil a tharraing sìos le òrdag nach robh caomh, no coibhneil. Tha i dearg, làn chuislean, agus a' lasadh le fearg.

Na sheasamh os a chionn tha duine le dà shùil dhearg, feargach. Tha am falt aige feargach. Tha car na bheul. Tha an dà chuinnlean feargach fosgailte, mar an dearg dhràgon an impis sèideadh.

Dèanamaid èisdeachd.

— A choin nan con, sguir a bhruidhinn ort fhèin! Le na briathran ud tha an dràgon a' toirt criothnachadh air na ballachan, cuislean a' leumadaich ann an cliathaich a chinn.

Freagraidh an tàbharnadh a tha fon phlaide:

— Carson a sguireadh? Cò dha – dhutsa? M' eanchainn-s' cho geur ris an lannsa, I'm telling you, pal. Detective, eh? Obair eanchainn. Okay, 20 divide by 100. Siuthad, ma-tha, obair cinn.

Tha an dràgon ann an corraich.

— An innis mi dhut? Ha! 20 divide by 100 equals 0.01 multiplied by 20 equals – an innis mi dhut?

Tha an dràgon ga thogail air bhroilleach. Tha an gèillean ìochdrach, le sreath de dh'fhiaclan buidhe-ruadh, air teiche a-mach. Airson tiotadh tha e a' tighinn a-steach air an ceann cam a thoirt às an amhaich.

— 0.2, canaidh an ceann cam, an slugan a' glugadaich.

Tha e ga leigeil às. Chan fhiach dha a thachdadh. Labhraidh e a-rithist – craos beòil a' fuaimneachadh cruaidh gach facal:

— MacLugran. MacLurgan. Ring a bell?

Tha sùil a' charbhanaich a' dol am meud, a' dol an leud:

— MacMurphy! No 'mac' about it, son. Dìreach Murphy. Ring a bell, an duirt thu? Too bloody right, am mastaig: innsidh mise dhut mu dheidhinn – dhomh fag.

— MacLugran ...

Tha an tamhasg a' sgaoileadh a spuirean:

— Air a' chunntas mu dheireadh a rinn mi o chionn ghoirid shuas an seo san eanchainn mental arithmetic ...

— MacLurgan, a choin ...

— ... air a' chunntadh sin, gun chalculator, calculus no

algebraic formulae, bha £3,104 aig Murphy am mùidsear cac ri thoirt dhomh, £3,327.47p leis an riadh gu ruige seo, a' dol nas àirde mar a tha sinn a' dol, nas colaiche a-nis ri £4,138.67p chun a' phì as fhaisge aig 33⅔% – cuimhnicheadh Murphy, 's mura bi a h-uile fàirdean pàighte ro cheann na mìos, bidh an diabhal anns an teant, mark my words: an diabhal dubh e fhèin, no less. Eh, MacLugran?

An uair sin, fuaim: Eeeee! Fead caol gaoithe ann an toll na h-iuchrach. Ach nach eil toll-iuchrach ann, no gaoth a' feadalaich. Tha am fuaim a' tighinn bhon leabaidh rin taobh eadar iad 's an doras. Tha rudeigin an sin, mar seann easgann air dìobradh san lìon air ùrlar fuar na mara.

Tha an duine feargach a' togail a ghuth aon uair eile:

— An duine seo, MacLurgan, bha e anns an leabaidh sin le asnaichean brist' . . .

— Mac an diabhail!

— Dh'fhalbh e. Choisich e. 'S tusa – thusa! – an aon duine a chunnaic e . . .

— Bastard!

— Okay. Dè 'n t-aodach a bh' air? Brògan, còta: cuimhnich . . .

— CROOK!

— Robh duine còmhla ris?

Tha an ròcais ga choimhead. Ga studaigeadh.

— Poileas, eh?

Thig crith na ghèillean, sìneadh na amhaich, a smagailt an-àirde.

Thig steall fhacal. Glas-Càrnach a' briseadh; Abhainn Ocaisgeir na leum. Cha tuig a' chluais as gèire claisneachd. Ach gu bheil gròta dhan tastan a dhìth. Aon sgillinn dheug. 'S an uair a shìolaidheas na tuiltean 's a tha aghaidh na talmhainn tioram a-rithist, tha an ròcais a' stad. Ga studaigeadh.

— Detective, eh? Obair cinn. 20 divide by 1000, like. Mental arithmetic. Okay, an innis mi dhut? 20 divide by 1000 equals 0.001 multiplied by 2 – cha robh bugger-all a dh'fhios agad, eh, MacLuggans . . .

Tha an duine feargach a' falbh.

Cluinnidh e air a chùlaibh fuaim, a' tighinn an-àirde bho ghrunnd na mara: Eeeee! Wheee!

Far and wee.

II

Tha iad ann an sloc gainmhich air tràigh Phortobello air madainn na Sàbaid. Tràth, ro dhaoine, clann is coin. Tha iad a' dùnadh phutanan.

— À, Desmond. A' tarraing oirre a brògan barr-iallach, a falt ruadh rìomhach a' dòrtadh sìos, air oibreachadh le òr. Tha a' ghrian air a cùrsa mall geamhrachail, ìosal os cionn creag nan sùlair, am Bass Rock.

— À, Mavis Eliza-vita. A' cur dà fhag na bheul 's gan cur thuige 's a' toirt dhi tè.

Tha e a' faireachdainn mar bhalach beag, balach beag mòr, 's ag iarraidh innse mun àite seo, mun tràigh seo, mu dheidhinn fhèin 's a sheanar, ged nach eil e a' faireachdainn cho buileach beag ri sin – cha robh e ach sia, no seachd, a-mach 's a-steach le buaidh is toileachas às an t-sloc bu mhotha a rinn seanair a-riamh ann am Portobello.

Dh'innseadh e dhi. Rud sam bith ach tilleadh chun Infirmary agus na h-uabhasan a bh' ann agus an àmhghair na dhèidh sin:

An duine le na h-asnaichean air a dhruim 's a shùilean dùinte 's a bheul a' dol gun fhiaradh ann am fiabhras fallasach – cò thuigeadh facal? Cò chreideadh gun èireadh agus gu falbhadh e fàthach san oidhche?

Crawford, dearg aig cùl deasg, a' coimhead seachad air mullach a chinn agus suas gu àird a' bhalla mar gum biodh e a' faicinn rudan às ùr – Busy nights, MacCafferty. Glainne uisge, canastair Andrews Liver Salts agus spàin. Chuir e bho obair e – 'indefinitely' – gun phàigheadh. 'S mar a dh'èirich dhàsan, dh'èirich dha Mavis: ach nach robh an deasg dhan mhahoganaidh a b' fheàrr agus gu robh an tè a bha na suidhe aice ga coimhead eadar an dà shùil, a falt air a cheangal teann gu chùl, dà chròg dhearg a sgùradh steapaichean – Look at me, Mavis E. Beattie.

Tha esan a' tionndadh thuice 's ag innse mun dithis a thàinig aon mhadainn Shàbaid chun t-sloc a rinn e fhèin 's a sheanair.

Dh'fhaighnich iad mu na bailtean a bha air taobh thall na linne: Aberdour, Burntisland, Kinghorn, the Lang Toun . . . Cha robh a sheanair a-riamh an taobh sin, ach nuair a chual' e 'the Lang Toun' leum e a-mach às an t-sloc agus sheall e dhaibh 'the Honest Toun' – Musselburgh, ars esan, the Honest Toun, fu ae crooks an' comic singers!

Sheall e dhaibh baile nam pana – the Pans – far am facas uair tàbharnadh aig ceann feachd moch-madainn ro àm dùsgadh 21 Sultain, Bliadhna Theàrlaich Eideird Louise Iain Casimir Silvester Màiri no – mar as fheàrr a dh'aithnichear an t-ùmpaidh – Teàrlach Mòrag 's na hòro-gheallaidh Stiùbhart.

Bhiodh a sheanair a' seinn 'For aa that and aa that' ann an

guth cruaidh a bhiodh a' dol na bu chruaidhe sgairteile aig 'yon birkie' agus 'cuif'. Chunnaic e iad na bhalach a' sràidearachd suas is sìos os cionn na tràghad ann an ciaradh an fheasgair – mòr-uaislean Phortobello, len dromannan dìreach, an cinn àrda àrdanach. Ghabh iad seachad. 'S bhiodh esan air a bhuaireadh a' smaoineachadh air mar a bhiodh daoine a' toirt ùmhlachd dhaibh – 'tugging the forelock', chanadh e, teine na chom. Sheall e dhaibh na raointean gorma a bha air chùl nam bailtean. Uaireigin chaidh an tuath a ruagadh 's chuir an t-uachdaran buntàta. Iain Bodanuillt a b' ainm dha, thàinig e le snèapan agus buntàta. Agus rinneadh ìomhaigh dheth 's chuireadh an ìomhaigh air cnoc, 's thug iad buidheachas dha, a' moladh a chliù, a' beannachadh a' bhuntàta – East Lothian tatties, Mavis. Chan eil nas fheàrr san Roinn-Eòrpa.

Tha Mavis ann an teasach.

— Okay, darling?

Ni i gàire fann.

— Oh, Des.

Cuiridh e a làmh socair aotrom air a gruaidh.

Tha a guth ìosal, ana-miannach:

— Can an t-ainm ud a-rithist.

— Dè? their Des.

— Oh! their Des.

— Well, for God's sake!

Tha e a' togail a shùilean 's a' labhairt ri na h-àrdaibh:

— Tha i gus a' chùis a dhèanamh orm. Bhon oidhche a tharraing i sìos mo bhriogais anns an t-sluice gu latha a' bhreitheanais air beulaibh R.O. Chief Superdick Crawford . . .

— Mmm . . . Làn dhan fhear-mhillidh.

— Agus nas miosa, God almighty, Shrapnel!

Tha a làmhan a' triall.

— Can an t-ainm aige.

— Iain Bodanuillt.

— Slaodach.

— bodanuillt@hotmail.com

— hotmail.

— Cockburn to you, Miss Beattie.

— That'll do fine, MacCafferty.

Tha iad a' fosgladh phutanan.

III

Tha i na h-uaisleachd 's na h-uile maise agus na càrdagan aig ceann a' bhùird aig bòla muesli. Effie Joan Mackay, banaltram agus bean-aideachaidh bho h-òige. Gabhaidh i an t-altachadh a tha aice bho h-òige agus a dh'ionnsaich Murchadh Bàn Buidhe dhi, bodach beag molach le Dia a bhiodh a' tighinn a thaigh a seanmhar gach bliadhna aig òrdaighean an earraich:

— Taing dhutsa, a Chruthaidhear, airson nan sochairean seo a tha thu a' toirt dhuinn. Bi maille riuthasan a tha acrach agus euslan, agus dèan tròcair orrasan a tha air am buaireadh leis an t-Sàtan, amhail 's mar a tha mi fhìn bho àm gu àm. O Thì ghràsmhoir, maitheanas dhaibh. Amèn.

Tha i ag ith, gun chabhaig, gun ghlamaisearachd, mar chailleach à Morningside, crème de la crème, mar Iseabail Ruairidh a bha air mhuinntireas aig lighiche ann am Blackheath agus a thog an dòighean.

Sheall Iseabail Ruairidh dhaibh, 's iad nan clann, mar a chleachdadh iad sgian is forc, mar a ghabhadh iad brot leis an spàin. Nam biodh i aig an taigh aig àm na Nollaige, dhèanadh i dìnnear Nollaige dhaibh – 'dìnnear' a bh' aice air diathad agus 'soup' air brot agus 'flùr' air dìthean. Bhiodh grìogagan oirre aig dìnnear na Nollaige agus froca geal le flùraichean dearga. Agus leig Dànaidh, a bràthair, braidhm às dèidh a' Christmas pudding 's chaidh aodann cho dearg ri na flùraichean.

Dè chanas tu, Dànaidh?

Chrom Dànaidh a cheann.

Canaidh tu Excuse me.

Excuse me.

Agus ma leigeas tu brùchd, canaidh tu Pardon me.

Pardon me.

Ach aig a' bhòrd, cumaidh tu na rudan sin agad fhèin.

Leig Murchadh Bàn Buidhe braidhm às dèidh brot agus feòil agus snèapan agus càl agus buntàta aig bòrd nan òrdaighean ann an taigh a seanmhar. Cha duirt e Excuse me; cha duirt e fiù 's Pardon me, Murchadh Bàn Buidhe broinn peile sinc.

Och, a shaoghail . . . Tha an Sàtan, le earball, le chrodhanan, ga piobrachadh. An latha nach bitheadh! Ach mus caill i i fhèin gu tur leis a' ghòraich sin – aig d' aois, a bhrònag – tha i a' cur bhuaipe tormanaich Mhurchaidh 's a' tionndadh gu nithean nas cudromaiche, rudan a thàinig oirre gun iarraidh aig a h-obair san Infirmary. 'S cha b' ann dìomhain a bha am fear-millidh an sin a bharrachd, eadar broileis an fhir gun ainm agus bùireanaich an fhir a leònadh; eadar dà chois Mavis – Oh, dearie me – cha robh an Satan na thàmh.

Cha d' fhuair iad a-riamh a-mach dè b' ainm dhan fhear a

rinn an dò-bheart – MacLaren, thuirt Mavis, ach bha e ann am bruaillean a' bruidhinn gun sgur, 's cha robh iad a' tuigse facal 's bha iad a' smaoineachadh gun tuigeadh ise – It's the Gaylic, bha iad a' smaoineachadh: cha b' e pioc a Ghreugais a bh' ann, no an crònan Duitseach na bu mhò!

Cò air a tha Ulla agad? thuirt i ris, agus thug e leum às nach b' fheàirrde na h-asnaichean 's a chuir e gu àicheadh na bha cnàmh air a chogais. Rudeigin mu starrag le Bìoball agus leadaidh-miseanaraidh le clìobhair – dè 'n t-iongnadh a-rèisde gu robh an doineann ud na cheann, an duine bochd.

Cha bu mhise a rinn e! Mo mhionnan air Dia a th' ann an nèamh!

An sgian agad a bh' ann . . .

Thàinig mothairt bhuaithe agus an uair sin tuil fhacal anns nach robh mòran brìgh cho fad 's a chitheadh i, mòran bladh. Thog i corr ainm: 'Iosèphus' – feuch riut – agus 'Eli Wallach' agus 'Wee Slash' agus 'Sabatier, an sgian agams' – gun ghob . . .'

Dè, a bhròinein, a dh'èirich dhut? Cà 'n deacha tu ceàrr?

Ach cha robh e ga cluinntinn; bha e fada uaipe, uaigneach a chionn 's gun tug an nàmhaid buaidh. Chuir i roimhpe seasamh aige aon uair 's gun tilleadh e thuige fhèin: a chrathadh, a chronachadh, gun mhaitheanas agus gun thruas. Dè bh' ann dheth co-dhiù ach sùgh a sitig fhèin, ag iarraidh furtachd ann an làithean a thrioblaid? Cò air an t-saoghal a shaoileadh gun èireadh e agus mar an gadaich gu falbhadh, air an oidhch' ud tron oidhche? Agus ise – thuit a cridhe gu làr airson mionaid no dhà; bha sin fada gu leòr. Cha robh i air chor sam bith a' dol a ghèilleadh dhan Abharsair.

Tha ana-mianna na feòla, Mavis E. Beattie, a' cogadh an aghaidh d' anam.

Bu chaomh leatha Mavis, nighean bhòidheach le cridhe mòr nach do dh'ionnsaich a-riamh NO! a dh'ràdh. Bu mhath dhi gun tug i am fireach oirre mus d' fhuair am buaireadair a bh' anns an I.C.U. gu chasan. W.A. Beelzebub Watson, air a leòn agus leòmhanta. B' fheudar mu dheireadh cur airson cobhair, agus thàinig an Chief Superintendent no less, duine tomadach le ad a' bhòla agus club a' bhòla foidhpe. Bu shuarach an cobhair a rinn esan – bha an t-ànradh an-àirde fada na bu luaith' na bha dùil, 's bha sin glè mhath ach gu robh a reusan ga thrèigsinn glan bhuileach san àm, a' cur an luchd-obrach fo gheilt. Dh'fhalbh e an ceann seachdain, sùil a' mhurtair na cheann. Dh'fhairich i crith fuachd a' dol troimhpe ga fhaicinn a' falbh.

Tha i a' lìonadh copan teatha agus a' cur faileas ime air slaighse tost agus a' smaoineachadh air mar a thachair. Bha rudeigin fada ceàrr; rudeigin mun dithis ud 's an t-sabaid a bh' aca: 'Wee Slash' – dè bha sin? Agus an sgian: 'Sabatier' – cha b' e sin a chual' ise, ach gur e 'flick knife' a chaidh dhan phoileas. Tha an duine a dh'imich san oidhche – esan gu h-àraid – a' buntainn rithe, agus aig uairibh tha i ga faighinn fhèin air a cuartachadh le eagal is iomagain da thaobh. Tha i cinnteach nach do chuir e sgian a-riamh ann an duine beò no marbh. Agus tha i cinnteach gu bheil a bheatha a-nis ann an cunnart mòr.

Tha i ag èirigh bhon bhòrd, a' cuimhneachadh gu robh feadhainn ann uaireigin a bha cuideachd air am buaireadh eadhon 's mar a tha ise an-dràsda – O, ghràidh, chanadh iad, cha do dhùin mo shùil a-raoir. Bhiodh earailean aca, facal ùrnaigh.

Tha i a' dol chun phreas agus a' fosgladh canastair feòla dha Sgròb, an cat sgròbach aice. Tha esan a' falbh mu casan, a stiùir an-àirde agus srann aig a' mhotair a tha a-staigh na bhroinn.

Tha i ag innse dha gu feum i dhol a-mach air cheann-gnothaich
's gun e air a bheatha bhuan salach air chùl an t-sòfa no gum bi
rud ann! Cha bhi i ro fhada.

Thèid i a chur uimpe an còta swagger, am beret donn
agus na bootees. Bheir an ceann-gnothaich i chun an Chief
Superintendent le earalachadh. Cuiridh i suas facal ùrnaigh gu
dùrachdach air an t-slighe.

IV

Tha diol-dèirig de bhalach na shuidhe na ghuraid air being ann
am pàirc. Tha muinichillean a chòta air an tarraing sìos mu
làmhan; coilear a chòta suas mu chùl a chinn. A' tarraing nas
fhaisge dha, chì thu gu bheil buaileagan dubha mu shùilean;
an craiceann buidhe le frasan broth a' cinneachadh, agus fhalt
na leacan clèigeanach sìos mu chluasan. Tha e air chrith. Ag
aomadh do chluais ris, cluinnidh tu seòrsa de dh'iorram a'
tighinn bhuaithe:

Shang-a-lang,
shang-a-lang,
shang-a-lang,
shang-a-lang, shang-a-lang, shang-a-lang . . .

Faisg dha tha duine ann an còta fada clò a' bualadh stoc
craoibhe gu neimheil le faobhar gach làimh. Tha an duine seo ag
ràdh, Oom-pa! Oom-pa! leis gach buille. Nuair a gheibh e a leòr
dheth, thèid e chun na being, a' falbh air leth-chois. Suidhidh e
sìos ri taobh a' bhalaich. Tha am balach a' feuchainn gu chasan,
a' feuchainn ri seinn:

Well, we sang shang-a-lang
as we ran with the gang,
doin' doo wop be dooby do ay . . .

Tha boireannach le baga mhessages a' stad 's ag èisdeachd ris. Tuitidh e air a cheann agus falbhaidh i. Tha fear a' chòta a' gàireachdainn – fras morghain – ach èiridh e agus togaidh e am balach air ais chun na being. Bheir e botal plonk às a phòcaid 's cuiridh e air a cheann e, a' slugadh mar dhuine gun shlugan.

— Aaah! canaidh e, a' suathadh a bhus le mhuinichill 's a' cumail a' bhotail mu choinneamh mar iodhal-adhraidh, ìocshlaint Ghilead. Aaah! Tha am balach ga choimhead le sannt:

— Dhomh balgam.

— Pop star, eh?

— Tha mi bàsachadh, dhomh balgam.

— Bàsaich.

— Bastard. Cà robh càch? Veronica agus Betty, na h-O'Reillys leis an super-glue, ìocshlaint Lìte? Tha an duine a' cur a' bhotail ri bheul 's a' toirt air òl agus òl agus òl. Tha e ga sgeith a-mach, sruth bho shròin. Òlaidh e an tuilleadh dheth, tarraing bho tharraing, gu bràth gus am fairich e am blàths a' sgaoileadh troimhe, a chorp gu h-iongantach aig fois. Tha e a' seinn a-rithist, fo anail:

. . . we were shakin up,
we were breakin up,
we were rockin to the shang-a-lang sound of the music . . .
Hey, hey!

Tha e a' putadh fear a' chòta 's a' faighneachd dha dè mar a tha e, gun shàbhail e a bheatha; bha a cheann gu h-àrd am bàrr na craoibh a' faicinn a chuirp air a' bheing a' diùltadh dèanamh mar a dheigheadh iarraidh air agus a' tuiteam nuair a bha am boireannach le na messages ag èisteachd ris: Shang-a-lang, shang-a-lang, shang-a-lang – dè mar a tha e co-dhiù, dè thachair dha chas – gangrene, an e? cogadh?

— Poilis.

— Poilis! Bruidhinn riums' air poilis – innsidh mi seo dhut . . .

— Bha triùir dhiubh ann. Agus fear eile.

Tha e a' dèabhadh a' bhotail 's ga shadail gu chùl. Tha cù, a bha ga riarachadh fhèin ris a' chraoibh, a' teiche le bheath'.

— Triùir dhiubh, agus esan. Ann am Fairlies, nach eil ann. Sin far an robh an ceòl, a bhalaich. Alexander's Ragtime Band, eh? Well?

— White Lightning – sin sinne, rippin up, rockin up.

— Lean iad mi dhan taigh-mhùin, 's nuair a chunna mi iad a' toirt dhiubh am bonaidean bha fios a'm gum biodh an diabhal ann 's nach biodh teans agam. Ach fhuair mi dithis dhiubh – eh, son? – mus do chuir iad flat mi. B' ann an uair sin a bhris am bastard eile mo chas. Ach . . . 'Eil thu ga mo chluinntinn? 'Eil thu 'g èisdeachd? Tha sùilean a' bhalaich air a dhol claon agus neulach. Crathaidh an duine a dhòrn ri bhus:

— Vengeance is mine, saith the Lord! Ach gur h-ann leis-san a bha an dioghaltas – cha robh say aig an Tighearna ann – agus dh'fhan e gu foighidneach fad bhliadhnachan a' faire air mac an diabhail gus an d' fhuair e mu dheireadh an cothrom 's bha am mastaig a-nis an dàrna cuid marbh no ann an ospadal ann am paiseanan a' bhàis. Olamaid deoch-slàinte!

Bheir e searrag ruma às a phòcaid achlais.

— Hey, hey! èighidh an diol-dèirig, a' cur fàilte air an ruma, a' cur fàilte air dà luid de nighean a tha a' giùlain phocannan plastaig anns a bheil botail mhòra Lazer agus White Lightning agus an glaodh thar gach glaodh air an t-saoghal thug buaidh.

— Hello, Slash.

— Hi, Slash.

Tha iad a' suidhe eadar an dithis, fear a' chòta le greann gan coimhead. Tha aogais a' bhàis orra, ach diùltaidh iad an ruma. Tha Slash a' feuchainn ri bruidhinn:

— See him, killed a fuckin' polisman like me, like . . .

Tha iad a' coimhead ris an duine.

— Seen you, tha Betty ag ràdh.

— Aye, canaidh Veronica. Tha Slash a' feuchainn ri innse mun t-sabaid ann an Donati's, a' spùtadh a-mach fhacal mu ghaisge fhèin 's a threunadas 's cho glan 's a chaidh an sgian a chliathaich a' phoilis ud, mastaig eile. Tha fear a' chòta a' gàireachdainn – concrait ga shluaisreadh. Tha e a' dùnadh a' chinn air an fhlasg 's ag èirigh. Tha a' chlann-nighean ga choimhead, agus a' cuimhneachadh air. An duine nach do dh'aithnich duine.

— Dè 'n t-ainm a th'ort? faighnichidh Betty.

— Buster, canaidh e ann an guth Sean Connery. Buster Hind.

V

Tha dithis òg nan suidhe taobh ri taobh anns an uinneig aig ceann shuas a' bhàir ann an taigh-òsda Donati's. Chan aithnich iad a chèile, ach mus bi an oidhche seachad cha dhealaicheadh tu iad le crowbar, geinn no geamhlag.

Tha iad dubh agus geal: aodach agus falt, duibhead fithich; aodann is làmhan, gilead faoilinn.

Nuair a nì ise gàire, O dastrum! deudan snasta na rìbhinn an uair sin. Cha dèan esan gàire air na chunnaic e geal.

— William C.B.W., tha e ag ràdh na cluais.

— Elspeth Jane, tha ise ag ràdh. What's in a name?

Tha stud na sròin agus dul den òr na h-ilmeag. Fon ilmeig – gun a dhol ro fhada sìos – tha an teip-reacòrdair aice. Àm gu èisteachd, àm gu dannsadh: tha i ga chur air 's a' gluasad a bodhaig a-null 's a-nall; a gàirdeanan, a ceann. Tha esan air faomadh gu chliathaich mus cuir i an t-sùil às.

— Dè th' ann?

— Dè!

— An ceòl: dè th' ann?

— Dè!!

Beiridh i air làimh air, ga tharraing sìos chun ùrlair. Tha i a' dannsa; esan a' crathadaich mu coinneamh, bodach-ròcais ann an gaoth.

— Lucy in the sky with diamonds, tha i a' seinn. Aaaa!

— Eh?

— Na Beatles!

— Aaaa, Beatles! èighidh Fatsboy, a' leigeil fa sgaoil 'O Sole Mio' dèan bun no bàrr dheth, an cù Rastus a' togail suas a shròin le iolach àrd dha fhèin. Tha Murphy a' faighneachd dhan Uireasbhaidh cuine a dh'ionnsaich Rastus an t-òran nuadh ud, 's tha an Uireasbhaidh, anns an fhreagairt, ag innse mun repertoire a th' aig Rastus a-nis bho leig e seachad am portair, làn a dhà sgamhain de dh'òrain ùra a thog e nuair a bha esan, Murphy, air fòrladh, agus esan, an Uireasbhaidh Gnùis, gun bhrògan –

y' Irish shite, na brògan a b' fheàrr a bh' aige, dè mu dheidhinn pizzas agus dà thiomailear grog?

Oidhche Haoine, 21.57 air a' ghleoca, 's tha a' chiad òran a' tighinn bho chòisir nam Boagalaidhs aig ceann shìos a' bhàir – 'Who's Sorry Now?' – fo stiùireadh Hump Sixteen Tons Humperdick, sideburns an' all. Tha Edna nas àirde na càch, mar an fhaoileag air ghleus, ach drùidhteach dùrachdach bhon chridhe. Tha an duine aice – Uilleam 'Billy' Boag, a thug an t-ainm Boagalaidh dhan treubh – a' meabadaich ris an aona-shùileach dan goirear John Tom agus ag ràdh nach do chuir esan a-riamh cas tarsainn air Bella Strachan no Marlene Brown no Cailleach Bheag na connspaireachd ged a dh'fheuch e suas a chròg tric gu leòr – cha robh an sin ach plòidh. Nay, nay, Johnny, cha robh ach an aona thè na bheatha-san, na cheann, na chridhe: Edna Winnie Boag, née MacVeigh, the one and only. 'S tha an duine John Tom ag ràdh, Dinnae fash yersel, old son, you always hurt the one you love – an dàrna h-òran a thig bhon chòisir. Tha feadhainn sa cheann shuas ga thogail.

Beatrice agus Ella, torghan morghanach an t-Silk Cut; còmhla riutha anns a' cheothaidh, Eòin Iosèphus Mac-a-phì a' feadaireachd. Tha a' Chailleach Bheag a' seinn tro sròin aig bòrd eile; còmhla rithe an duine cuagach nach do dh'aithnich duine, agus an diùlnach ris an abrar an t-Slais Bheag agus an dà lùb – Betty agus Veronica, an dàrna tè mar an smeòrach, madainn cheòmhor earraich.

— Ah! La bella musica. Thig Fat Frank a-steach bhon chidsin:

— Tha na h-ainglean a' seinn. Cluinn! Me si rompe il cuore … 'S thèid Maria Carlotta thuige: O mio povero amore! 'S cuiridh i a gàirdeanan mòra roly-poly timcheall air, ga ghlacadh teann ri broilleach 's a' dannsa leis. O Mhoire, their Eòin Iosèphus ris a' bhannal a tha mun bhòrd, thèid an duine bochd a' mhùchadh gu bàs. Agus le sin èiridh e, agus a' faomadh air adhart air na casan cama, nì e an t-slighe chun a' chuntair gu taobh an t-Sasannaich. Tha an Sasannach na fhallas na dhalladh ag òl uisge-beatha sìos mar an Titanic.

— A Mhàiri, m' eudail, canaidh Eòin Iosèphus, cuir a-nall doublar dhan Chearc-Fhraoich, pinnt dhan a' Special Vat agus glainne dhan a' Chrème de Mense do Bheatrice.

Tha Beatrice agus Ella air a leantainn chun a' bhàir, agus air an sàil dithis nighean, Denise agus Shelley, dubh-oghaichean Ella Nic a' Bhoagalaidh, còmhdaichte ann an denim. Tha iad sultmhor. Tha iad sùghmhor. B' ait agus bu shuilbhir a bhith dùsgadh, tè air gach taobh dhìot.

— Hic! their am fear a tha a' gleidheadh na h-òige, ceòl is spòrsa, ceòl is spòrsa! Cha tigeadh e beò às.

— Fichead not air a' gheall! èighidh Murphy.

— Done! èighidh an Uireasbhaidh Gnùis, a' bualadh a' bhùird le dhùirn. Tha Rastus a' fosgladh sùil.

— You Boaglies, tha Maria Carlotta ag ràdh, you break my Frankie's heart.

— Angeli cari. Frankie a' sèideadh nam pòg thuca fhad 's a tha Fatsboy a' gabhail nan òrdugh 's a' seinn gu àird nan sparran:

O baby, come a-here quick,
Baby, it's a-making me sick,
Cocaine!

— Cocaine! èighidh a' Sasannach.

— Cocaine!! èighidh C.B.W. agus Elspeth Jane.

— Cocaine!!! èighidh an Uireasbhaidh.

— All over my brain, seinnidh Fatsboy, 's bheir Maria Carlotta dha cùl nan còig mu chùl a chinn, dè bha seo, cocaine? Sgleog, smack. Eanchainn Fatsboy, smack, crack... agus an uair sin – do mhìorbhailean a rinneadh leat – an Sasannach ann an guth domhainn Surrey surrealach:

MTV makes me wanna smoke crack!
Fly out of the window an' I'm never coming back.
MTV makes me wanna get high
As the moon
Like a rubber balloon...
An' everything is wonderful!

— An' everything's...' a' falbh gu luath gu chùlaibh, gàirdeanan a' clapairtich 's a chasan a-mach; feuchaidh Eòin Iosèphus ri stad a chur air, agus falbhaidh esan cuideachd, e fhèin 's an stòl a' tuiteam air muin an t-Sasannaich ach a' cumail glainne na Circe-Fraoiche tèarraint gun aon deur a spriotadh aist'. Tha e ga cur gu beul an t-Sasannaich.

— A Dhia, a laochain, eh? Polly wolly doodle all the day. Thig an Sasannach timcheall le sitrich. Tha na speuclanan tòin-screwtop aige air a dhol tarsainn cam mu shròin, ach chì e boireannaich le cìochan a' coimhead sìos air, aosd is òg, na beòil aca air a h-uile seòrsa cumadh, air a h-uile seòrsa gleus, a' gàgail a' gàireachdainn a' gairm! 'S an uair as àirde an glòir, fosglaidh an doras a-muigh gu chùl 's a-steach gun dòirt an gendarmerie.

Tha sianar dhiubh ann.

— Wot you vant! èighidh Maria Carlotta.

Wot they vant? Tha iad a' falbh le Murphy agus leis an t-Slais

Bheag agus leis an dà nighean, Betty agus Veronica, air a bheil dreach a' bhàis – suarach sin leotha.

Tha iad a' falbh leis a' Chailleach Bheag – No' again, ya fat wanker! – agus le Edna Winnie Boag, née MacVeigh. Tha Edna a' seasamh aca le briathran nach robh a-riamh san altachadh agus tha an duine, John Tom, dìleas dhi gu bith-bhuan, a' leigeil às mothar on doimhne 's a' bagairt creachadh agus losgadh agus marbhadh. Thèid falbh leis.

Agus am peacach mu dheireadh, Eòin Iosèphus Mac-a-phì. Tha iad ga chur gu chasan, ga shaoradh on stòl 's on t-Sasannach agus a' falbh leis.

— Where you take the skinny teuchter man! èighidh Maria Carlotta. 'S tha Eòin Iosèphus a' tionndadh aig an doras, a' togail a làimh rithe agus a' seinn:

Sure by Tummel and Lochaber, a Mharia,
By Loch Rannoch I will go
As I step a wi' my cromag
To the Isles!

VI

Tha a' cheò sa bheinn sa mhoch mhadainn Mhàirt, liath-reothadh air an talamh. Cha bhiodh dealt gu Bealltainn, latha buidhe. Nigheadh e aodann ann.

Tha e a' cuimhneachadh air nighean a dh'aithnicheadh e uaireigin air an Fhèill. Claire, à Lausanne ann an Switzerland. Bha i ag obair ann an cafè agus bha fàileadh a' chofaidh bhon fhalt aice. Foghar geal grianach a bh' ann, 's thuirt e rithe gun deigheadh iad dhan bheinn 's gu nigheadh e a falt ann an dealt a' mhonaidh. Bha i cho toilichte, Claire de lune. Cha deach iad a-riamh ann. Aithreachas, aithreachas – dh'fhalbh sin agus thàinig seo.

Tha e a' crùbadh sìos faisg air mullach na beinne, a làmhan caola fuar eadar a chasan a' lorg blàths nach eil ann. Tha am fuachd air a dhol na chnàmhan 's tha am pian ga chlaoidh, ga mharbhadh. Am pian ciùrrail nach leig às a ghrèim, cho goirt do-ghiùlainte 's gu bheil e a' gal mar bhalach beag caillte, gun chobhair ann dha. Chan eil ball dha chorp nach eil aig fhulangas, gu h-àraid a bhall agus a dhubhagan, a fhuair na buillean a b' eagalaiche. Tha e a' sileadh uisge agus a' sileadh fala san àite sin; gathan cràidhteach na chom, na chridhe, na cheann.

B' ann am beul na h-oidhche a chual' e an t-uamhann air an staidhre; guth Mrs Armstrong na b' àirde na b' àbhaist agus brag nam bròg aige – cha robh dòigh air tarraing às. Chuir e an doras a-steach le ghualainn agus smaoinich e 's e air ragadh fon aodach leap: Carson nach do ghnog e? agus smaoinich e: Cha dèan e a' chùis às m' aonais, 's tha sin ga ithe, an cù!

Well? ars a' bhrùid, a' fosgladh a dhùirn 's a' bragail nam meòir – krik, krak! tè an dèidh tè, cnàmhach cruaidh.

An d' fhuair thu lorg air?

Fhuair e lorg air ach cha do dh'innis e; eadhon an dàrna triop, an dèidh a phronnadh, cha do dh'innis e. 'S b' annas sin dhàsan a thug a bheòshlaint às eucoir. Agus smaoinich e air an eucorach – MacLugran, thuirt a' bhrùid, dùil aigesan gur e MacFarkish, gaisgeach fraoich – dh'fhaodadh iad a bhith air còrdadh math a dhèanamh eadar òrain is bourbon is TCP. Ach pillidh am madadh gu a sgeith fhèin, agus chaidh esan, am madadh, gu Mrs

Armstrong a dh'innse dhi gu robh beatha a charaid 's a dheagh nàbaidh ann an cunnart 's gu feumadh e a choinneachadh an oidhche sin san Deep Blue Sea, taigh-bìdh air Sràid Lìte, fàilte ro chlann is ro choin.

Bha Shrapnel a' feitheamh, an trilby sìos mu shùilean, aig còrnair na sràid.

Mura bi e ann, ars esan. Agus rinn e an gàire ud nach robh idir na ghàire:

Mura bi e ann, 's fheàrr dhut ruith.

Slàn le John Riach, seinneadair. Samaratanach taobh nan Logans, taobh a mhàthar. Cà ruitheadh e? Cò thuige? Cha robh iad ann.

Agus an dèidh sin . . . 's an dèidh sin . . . nuair a ghabhadh seo seachad 's a gheibheadh e gu chasan 's a sheasadh e le buaidh air an ùrlar a b' àirde, 's cinnteach an uair sin gun tigeadh iad nan dròbhan chun na Fèill a dh'èisdeachd ris. 'S tha e ga fhaighinn fhèin, am micreafòn na làimh, mu choinneamh sluagh gun àireamh, sluagh nach gabh sàsachadh: Encore! Encore! aca, gus am b' fheudar seinn fear eile agus faighnichidh an duine fraoich: An tu Frank Sinatra? Nas fheàrr! Nas fheàrr! tha iad ag èigheachd, agus chì e Claire, a rinn an gàire as bòidhche, a' feuchainn tromhpa ag iarraidh còmhla ris, ach tha i cho beag 's cho meanbh 's cho bòidheach, a' dol fodha nam measg – daoine trom le dromannan nach eil ga faicinn no idir ga cluinntinn. Sheinneadh e dhaibh, ach tha a shùilean air a' cheò a tha a' tuirling sìos eadar a' bheinn agus aodann nan creag a tha deas air. Tha e a' faicinn cruth duine nach eil ceart, iargalta a' tighinn thuige. 'S tha a lùths gu lèir a' falbh 's e ri 'g aithneachadh gur e Shrapnel a th' ann ann an riochd an diabhail. Shrapnel a' tighinn a-nis ga mharbhadh, 's

chan fhaigh e air teiche, a neart air a thrèigsinn 's an fhuil, fuil a'
chinn, a' sgaoileadh 's a' toirt bhuaithe a lèirsinn. Ach mus druid
an dorchadas, chì e Claire. Chan fhaic thusa i. Chan fhaic thu ach
duine na laighe air a dhruim, sileadh beag fala ri oir a' bheòil 's
a' falbh bho shròin 's bho chluasan. An fhuil air na sùilean aige,
kaleidoscope de chuislean beaga briste. Ach chì e Claire, mar
bhoillsgeadh glòrmhor grèine. Tha i a' bruidhinn ri cuideigin:

Il est mort, tha i ag ràdh.

Cuiridh i a làmh gu socair caomh ri ghruaidh.

Prie pour lui.

VII

Tha duine, aosd ann an gliocas, ag èisdeachd ri gòraich. Chan
ann dha dheòin, ach gun tàinig boireannach le rabhaidhean
a thug bhuaithe a shuaimhneas agus a thug dha a shàth dhan
losgadh-bràghad. B' ise matron-manaidsear MacKay bhon
Infirmary, a shuidh gu h-uabhasach mu choinneamh agus a
labhair mar seo:

Cha do chuir an diol-dèirig ud a-riamh sgian ann an duine
no ainmhidh.

Is esan Robert R.O. Crawford, M.B.E.

Tha e mòr. XXL – nas motha na sin; na brògan, size XIV
mhòr. Tha rudhadh na ghruaidhean, nas colaiche ri fear-siubhail
mhonaidhean na ri àrd-cheann àrd aig deasg. Tha a mhaoil fliuch
le fallas, 's tha am fallas a' sùghadh tro lèine, druim is achlaisean,
mar na poilis reamhar Ameireaganach NYPD, no Lee J. Cobb
a' cur dheth aig peilear uaine a chuid kooksh. Chan e gu bheil

e colach ri Lee J. – nas colaiche ri duine ann am plus-fours ann an Coire Cheathaich le cù agus gunna nach diùltadh. Nam b' urrainn dhut faighneachd dha, dh'innseadh e dhut gur e sin gu dearbha a roghnaicheadh e – sealg agus seòladh, 's cha b' e a bhith 'g èisdeachd ri gòraich air reacòrdair san òg-mhadainn earraich.

Chreid e am boireannach.

Bha MacLugran gun teagamh ann an cunnart a bheatha agus dh'fheumte a lorg.

Tha e a' slugadh sìos làn na glainne de dh'Andrews Liver Salts, a' cur thuige siogàr agus a' tilleadh chun an reacòrdair, tuilleadh 's a' chòir a dh'amaideas.

Guth Tait, Detective-sergeant agus Grand Inquisitor:

22.47 hours. A' ceasnachadh . . . d' ainm!

Eoghan Rua Ó Murchú.

Address?

Aig Dia ta fios.

Address!

Ostán Bhalmoral, am Penthouse, a bhuachaillín.

Bloody watch it . . .

Na sráidi agus na páirci, Dia lem anam.

Occupation?

Mise! File agus amhránaí . . .

's gun an tuilleadh dàlach, guth cruaidh sean-nòs Chonnachta:

Is ó gairim í agus gairim í mo stór,
Míle grá lem anam í . . .

Ge' 'im tae hell outa here!

22.55 hours. A' ceasnachadh . . .

Jon-Jo Mac-a-phì, a laochain. A Dhia, nach ann aig Eogan a tha 'n guth!

Agus seinnidh e fhèin:

Sunders-land a fhuair mi fios
Nam shuidh' air stoc a' bhàt' . . .

Jesus!

Sraodadh shèithrichean, uspairtich, duine ga shadadh a-mach.

Guth boireannaich, liotach le na tha na broinn dhan bhraich. Tha i ag ràdh ri Tait gum bu chòir dha an dithis ud a ghlasadh air falbh airson bliadhna agus ràith, 's nach fhaca ise an t-sabaid idir – gu robh i trang anns an taigh-bheag. 'S cà robh an taigh-beag co-dhiù, 's i gus a chall. 'S an robh e fhèin pòsda? Bha ise pòsda aon uair – but dinnae ye dae what I'd dae, son! Heh, heh, heh, heh a' tighinn gu casdaich fhliuch, sglongaid a' gurmalaich an-àirde.

Edna Winnie Boag aig an ath ghuth, cho glic ri na cnuic, ag innse dha Tait gur e saighdear bòidheach a th' ann mura b' e 'm pluc, duine eireachdail pearsanta, 's nam biodh ise na b' òige, ach co-dhiù. Seo an rud – 's bha i a' bruidhinn airson a bràthar cuideachd, John Tom MacVeigh: dè bha esan a' dèanamh an seo nach do thog a làmh a-riamh gu murt no goid no adhaltranas, 's bu mhòr am beud – dh'aithnicheadh ise duine no dhithis. Ceart gu leòr, bha 'n droch nàdar ga riaghladh bho àm gu àm, ach 's e bha sin ach rud a thachair na cheann nuair a thuit e a-mach air an uinneig second storey 's e na naoidhean, John Tom againne. An rud, ge-tà, seo an rud. A dh'aindeoin eireachdais ach am pluc a-mhàin, a dh'aindeoin pearsantas – 's mura b' e glè bheag dhi bheireadh i an daoibhe tarsainn thuige an-dràsda fhèin, eh, sodger? Bha ise latha, ha! ha!, ach gun deigheadh a dìteadh airson attempted rape – well, seo an rud, agus bha i a' bruidhinn airson a bràthar cuideachd, John T. MacVeigh: chan fhaigheadh esan, snog 's gu robh e, no poileas eile air talamh tròcair, aon fhacal asta gus am faiceadh iad am fear-lagh an toiseach, an' that's that – dèan càl no brochan dheth.

22.33 hours. Guth Tait, sgìth agus claoidhte, ag ràdh gu bheil e a' dol a cheasnachadh Veronica McVie agus Betty Colquhoun còmhladh ann am fianais W.P.C. Turnbull . . .

Chan eil e furasda deanamh a-mach dè tha iad ag ràdh. Tha iad a' cagnadh. Tha iad a' bruidhinn aig an aon àm. Tha na facail a' dol an lùib a chèile orra le mòran droch cainnt is mì-mhodh. Ach a-mach às na tha a' dòrtadh bhuapa thig aon ainm a tha a' toirt air an àrd-cheannard a cheann a thogail, a smiogaid a thachais agus port a thoirt air bàrr a shròin le dà mheur isbeanach sausage.

Tha Tait a' ceasnachadh lethchiallach.

Johnny Slash, tha 's me. Broileis de bhalach. Tha e ag ràdh gur h-esan a chuir an sgian dhan phoileas, agus, ceart gu leòr, bhruidhinn tè na h-Infirmary air rudeigin dhan t-seòrs':

Wee slush, thuirt e, thuirt i, gar bith gu duda tha sin.

Tha e a' cur dheth an reacòrdair 's a' cur a dh'iarraidh Tait.

Thig Tait. Tha am pluc air a mhaoil. Fluth. Gun lochd.

— Sir.

— Suidh.

Suidhidh e.

— Chuala mi siud.

— Cha robh e furasda.

— Cha robh. Hmm . . . Johnny Slash, 'eil e fo chìs?

— Sa chill.

— Cha b' e a rinn e.

— Cha b' e.

— Ach cùm an sin e an-dràsda.

— Right, sir.

— Nise. Nach robh thusa còmhla ri Detective-sergeant Watson aig aon àm.

— Bha.

— Thachair rudeigin.

— Arthur T. MacIlwraith. Theab e a mharbhadh.

— Ah, yes.

— Ghabh mi 'n t-eagal 's bha mi tinn.

— All right. An dà nighean a bha thu a' ceasnachadh, dh'ainm-ich iad duine: Buster Hind.

— Dh'ainmich.

— Ring a bell?

— Down an' out air leth-chois. Tòrr fuaim, ach gun chron.

— Èisd rium a-nis. Tha mi 'g iarraidh ort an dà nighean a thoirt a-steach – dèan cinnteach g' eil iad aca fhèin – agus ceasnaich iad a-rithist mun t-sabaid.

— An-dràsda?

Cha tig freagairt gus an ruig Tait an doras.

— Tait.

— Yessir.

— Feumar gluasad luath a-nis.

— Yessir.

Falbhaidh Tait.

Tha e a' lasadh siogàr eile. Chief Superintendent Robert R.O. Crawford M.B.E. B' fhada air falbh Beinn Dòbhrain 's bothan-àirigh am Bràigh Raineach.

VIII

Tha an t-uisge a' frasadh sìos agus luchd na h-oidhche nan cabhaig air an t-sràid a-muigh. Tha an t-uisge na smùid anns na solais, a' lìonadh nan guitearan, càraichean ga stilleadh an-àirde – cùm air falbh mus tèid do bhàthadh!

Tha iad aig bòrd ris an uinneig anns an Deep Blue Sea a' coimhead a-mach agus toilichte nach eil iad a-muigh drùidhte chun a' chraicinn, sruth bho na sròinean, fàsgadh às na brògan a' flod-flod-flodranaich air ais dhachaigh.

— Innis dhòmhsa cà 'il thu cadal?

— Tha Joppa mìltean is mìltean is mìltean.

— An t-àite seo a th' agams' – Mr Kundu, bidh e ag ràdh: No visitors overnight. Do mhàthair, tha sin okay. Ach chan eil màthair agam.

Tha i a' sìneadh a làmh thuige:

— Ah, my poor wee lambie.

— Tha fios a'm air àit', ach tha e loibht.

Agus innsidh e dhi mun chùil sa bheil na laoich lem banoglaich a' còmhnaidh. Dà O'Reilly, Wee Slash, Veronica Nic a' Bhìth agus Betty Chaol nighean a' Chombanaich.

— Bha O'Reilly eile ann, am bràthair mòr, agus bhàsaich e. Nochd iad leis aon latha ann an Donati's ann an crogan. Dhiùlt Maria Carlotta a chur air an t-seilf aig cùl a' bhàir. Thuirt i riutha iad falbh leis. Aodh bochd a sgapadh an àiteigin, àite bu chaomh leis. Cha robh sin ann, ach dh'fhalbh sinn leis co-dhiù 's thàinig na bha staigh còmhla rinn, Fatsboy an' all, agus Jack Daniels an teuchter, agus an Sasannach leis an *Daily Telegraph* fo achlais.

— Ma Goad, C.B.W.

— Aidh.

Tha iad a' sealltainn a-mach air an uinneig. Chì ise esan anns an uinneig; chì esan ise.

— Carson a dh'fhalbh na poilis leotha? An fheadhainn leis na dh'fhalbh iad?

Innsidh e dhi mun oidhche bha iad sa ghleann dubh ud, hi-liù, hi-liù. Dùirn gam feuchainn, cat a' sgiamhail, hì rù 's na ho-rò. Chaidh an sgian a mhac an donais, madadh a bha uair na phoileas. 'S gum bu luath a sgaoil an comann, faicinn fuil a chlèibh mu ghobhal. Is ri thaobh le tuar a' bhàis air, cò bha siud ach Seoc MacDhànaidh. Mach dhan oidhche leam le cabhaig, hi-liù, hi-liù, clachan-meallain is tein'-adhair, hi-rù 's na ho-rò.

— Ma Goad, C.B.W.

Tilgidh e pòg thuice anns an uinneig.

— Robh thusa anns an t-sabaid?

— Chunna mi cò chuir an sgian ann. 'S cha b' e Jack Daniels.

— Carson nach do dh'innis thu?

— Dà adhbhar. a) Cha robh anns a' phoileas ud ach bastard. b) Cha ghabhadh marbhadh air. Am bastard.

— Tha cuimhne agams' air poileas. Agus 's e bastard a bh' ann.

Tha i a' tilgeadh air ais a falt 's a' tionndadh a cluais thuige.

— Seall.

Uidheam cluaise. Plastaig.

— 'Eil thusa bodhar, Elspeth?

— Dìreach air a' chluais sin.

Mar a thachair dhi. Daniel Street Blues.

Cha robh i ach sia-deug, a' seòladh thar na gealaich. Bha pàrtaidh ann, ann an taigh Griselda. Bha pàrantan Grizzle ann an Timbuctoo. Lordie Lord agus help ma boab, cha robh spùt aig duine. Ach h-abair spùtadh le Reggae: a' leum 's a' tuiteam 's a' dìobhairt, brilliant gus an tàinig an gendarmerie – well, bha am boireannach okay, ach am poileas seo, an diabhal ann an riochd an duine, cha duirt e facal, ach a' ruith air an taigh: pris, dràthraichean, leapannan – cha do dh'fhàg e cùil, an cù, gun a rannsachadh, a' stialladh, a' reubadh, a' sracadh. Bha Griselda às a toinisg a' sgreuchail; dh'fheuch feadhainn ri stad a chur air, 's dh'fheuch ise air le na h-ìnean mus deach a h-uile sìon dubh.

— Bhuail e thu.

— Bodhar bhon uair sin air a' chluais sin.

Nuair a thàinig i timcheall, bha i ann an gàirdeanan Griselda, càch air falbh. Ghabh iad eagal roimhe; goiriseachadh, mar gum b' ann bho rudeigin mì-nàdarrach. Dh'innis i dha a h-athair 's chaidh a chur ris an uair, a' bhrùid. Nas miosa na bhrùid.

Chan innis i dha C.B.W. mu h-athair – britheamh san Àrd-Chùirt. Chan eil i ag iarraidh gu smaoinich e gu bheil iad beairteach. Tha i ag iarraidh bruidhinn air rudeigin eile, rud sam bith ach am bruaillean ud, a' chùis-uamhainn ud.

— Bastard, tha C.B.W. ag ràdh.

— Cha b' e. An làmh cheart a bh' aige.

Chan eil e ga tuigse. 'S tha sin a' còrdadh rithe, a sùilean mear.

— An làmh cheàrr a th' aig bastards.

— An làmh cheàrr a th' agams'.

— Bastard a th' unnad a-rèisd.

— Hoigh!

— Daoine clabhdach, cam, ciotach. Sin bastards. Man Colkitto.

— Cò?

— Mise cuideachd, a' chearrag a th' agam.

— Mise 's tusa a-rèisd. Dà bhastard.

— Yup.

— Well, well . . .

— Ye gods, stand up for bastards!

— Dè tha sin?

— Shakespeare.

Tha C.B.W. ga coimhead le pròis.

— 'Eil thusa brainy?

— Yup.

Tha iad greis sàmhach. 'S an uair sin esan:

— Cha mhòr gun creid mi, tha e ag ràdh, gu bheil mise – Conn, Bauld, Wardhaugh, MacDhonnchaidh – a' dol a chadal a-nochd còmh' ri boireannach brainy.

— Cò thuirt cadal?

— Thèid sinn chun àit' agams'. 'Hey, Mistah Kundu ji', canaidh mi, 'seo mo mhàthair!'

Tha Elspeth a' gàireachdainn:

— Ooo, baby!

Seallaidh iad a-mach. Chan eil an t-uisge cho trom. Tha duine aosd le cù aosd aig uinneag Radio Rentals a' pasgadh umbrella. Tha an cù, mongrel, ga chrathadh fhèin.

— Tugainn, tha i ag ràdh, tha fios agams' air àite. Basement a th' ann, fuar agus fuaraidh, ach bidh e againn dhuinn fhìn.

Tilgidh i pòg thuige anns an uinneig. 'S tha iad ag èirigh bhon bhòrd 's a' falbh a-mach dhan oidhche. Ise air a ghàirdean, ceum aotrom aighearach. A' seòladh thar na gealaich, nam biodh gealach ann.

7

Sure by Tummel

Bidh mi tric a' smaoineachadh gu bheil cuideiginich shuas a' sealltainn às mo dhèidh.

No shìos. Sin bu dòcha.

Co-dhiù, biodh e mar a bhitheas, cho luath 's a bhuail mise na sràidean-cùil ud, a-mach o chùl an Deep Blue Sea, dè thàinig ach tagsaidh, 's bha mi na bhroinn mus canadh tu 'Shrapnel', mus canadh tu 'Gu sealladh Dia ort!' Chunna mi e air a' chabhsair, na chòta demob, an trilby na làimh, 's e ri coimhead às ar dèidh. Dh'fhalbh mo shaorsainn. Bha an gàire ud air aodann, tha mi mionnaicht' às gu robh – an gàire nach robh na ghàire: sreathan fhiaclan gun aona bheàrna, ifrinneil. Dh'fhairich mi sannt dìobhairt.

Thug an tagsaidh mi gu balla banca agus fhuair mi airgead. Thug e mi gu bùth beòir is braiche agus fhuair mi botal bourbon agus làn poca dhan Super Lager, gun fhios dè thigeadh orm. Dè 'm breitheanas, dè 'm bàs. Dh'fhaodainn tilleadh gu Mrs Armstrong, 's bhithinn sàbhailt, air mo chlàbhadh:

wibble-wobble,
wibble-wobble,
jelly on a plate.

Ach dè an uair sin nan nochdadh Armstrong fhèin 's mise na phyjamas a' dèanamh gloidhc dhìom fhìn. O, an uair sin.

Cha b' urrainn dhomh tilleadh dhan rùm agam; poilis air an staidhre, nàimhdean air gach taobh. Chan fhaicinn tuilleadh a' phoit-chloich dan goirte a' Heavy Bomber no an leabhar a sgrìobh Mgr. Iain Buinean: *Cunntas Mu'n Duine A Thèid Do Nèamh agus ciamar mar bu chòir dha ruith chum 's gun glac e 'n duais.*

Bha mise na mo ruith cuideachd, 's cha b' ann gu nèamh no gu duais. Thuirt mi ri fear an tagsaidh mo thoirt gu sloc dubh an dubhachais, seòmar ìochdrach a' bhròin.

Bha an doras fhathast briste 's an seòmbar-suidhe fhathast mar fail-mhuc. Bha dithis ann an ceò air an t-sòfa: an duine cnàmhach agus an duine leis an anarag; fear eile ann an còrnair ag òl plonc 's ga thachais fhèin. Cha robh sgeul air a' bharaille làrd a dh'fheuch ri mo mharbhadh.

Bhruidhinn mi riutha. Rinn mi Marlon Brando leis a' chuing, le giorrad analach:

— Gu robh Dia a' beannachadh na fàrdaich seo 's na tha innte. Tha mi air an allaban, a chàirdean, a' lorg leabaidh agus tàmh na h-oidhche.

— Chl-aoch . . .

— Homh . . .

Leig esan a bh' anns an oisean seòrsa de sgreuch:

— Idh-gah! Goddamn! Fuaim nach cualas agus nach cluinnear.

— Ma thig duine chun dorais gam lorg – duine le ad, sùil a' mhurtair na cheann – Chan eil mi ann.

B' e siud e, m' amhaich a' fàs goirt a' dèanamh Marlon Brando. Chan aithnicheadh iad mi co-dhiù, 's mi ann an còta clò Armstrong, fàileadh an t-Soft Musk.

— Chan eil mi ann, thuirt mi. Chuir an anarag leth-bhotal air a cheann. Sheinn an duine cnàmhach:

Wen
A grow
Too old
T' dream . . .

Cha robh iadsan ann na bu mhò.

Chaidh mi sìos an staidhre agus shuidh mi air a' bhobhstair rubair, am poca plastaig aig mo chasan. Thug mi tarraing às a' bhotal agus dh'fhosgail mi cana. Mo shuipear. Mo cheann gus spludadh. Laigh mi sìos agus dh'èisd mi: fuaim chàraichean a-muigh, 's an t-uisge a' cur deann às na sràidean. Bha mi 'n dòchas gun drùidheadh i air, gun deigheadh am fuachd na chnàmhan 's gu faigheadh e 'n grèim, double pneumonia agus pleurisy agus an tinneas tuiteamach, 's gun tuiteadh e 's nach èireadh tuilleadh à gleann dorcha sgàil a' bhàis.

Ach dh'èireadh.

Agus dh'fheumainn-s' dèanamh às, cha b' e seo àite dhomh. Ach càite? 'S mi cho sgìth. Leam fhìn. Air a' mhonadh buain an rainich . . . airsneulach, cadalach.

Chuala mi fada bhuam an t-òran a bhiodh againn ann an clas Mrs Carmichael:

Sure by Tummel an' Loch Rannoch,
By Lochaber I will go . . .

An t-òran a bhiodh againn an dèidh an òrain nach robh duine a' tuigsinn:

Drink to me only with thine eyes
And I will pledge with mine.

Ciamar an diabhal as urrainn dhut òl le do shùilean? thuirt William James Smith.

Carson an diabhal a tha beul ort? thuirt William James Smith, 's thug e dhomh dòrn mar gum b' e mo choire-sa a bh' ann.

Agus a-nis, 'The Road to the Isles', thuirt Mrs Carmichael, an dèidh dhi mo chur am sheasamh anns a' chòrnair eadar am preas-leabhraichean 's am balla, an dèidh mo ghlaodh 's mo ghearain, Wm. J. Mac a' Ghobhainn a' gàireachdainn, am madadh.

'Sure by Tummel!' Sin agad òran, a h-uile duine a' seinn. 'S an fheadhainn aig nach robh seinn – an Niosgaid agus Harry Beag – a' tormanaich co-dhiù, 's a' cur càch ceàrr 's a' cur an òrain na bhroileis 's Mrs Cara-mellors ann an corraich a' breabadh a bonnan, a' bagairt fòirneirt. Seach gun ghluais mi mo cheann, thilg i an dustair orm. Thug e brag air a' bhalla còig òirlich gu leth os mo chionn: chaidh an dust na stùr suas mo shròin, sìos mo sgòrnan, a' laighe mar liath-dhealt air falt mo chinn.

Cha robh mi a-riamh ann an Tummel. Rannoch agus Lochaber – chaidh iad seachad ann an ceò agus dòrtadh uisge, 's mi na mo leth-chadal an trèana mhòr Mhallaig. Dhùin mi mo shùilean agus smaoinich mi: an dùil 'eil an trèana sin fhathast eadar Queen Street is Mallaig, a' fàgail sa mhoch-mhadainn 's a' dìosgail aig Cowlairs? Na h-ainmeannan air an t-slighe ud: Arrochar is Tarbet dè dh'èirich dhan 'r'? Carson nach robh Tarbet man Tairbeart na Hearadh, Tairbeart Loch Fìne an sgadain ùir? Le 'r'

na earball. Innis sin dhomh, thusa a thug a-mach am foghlam,
's mi ri siubhal gu Ardlui 'by yon bonnie banks . . . yon bonnie
braes'.

Bha e romham ann an Crianlaraich, air a' phlatform ag òl
teatha.

Bha a chùlaibh rium.

Bha a chùlaibh rium, ach bha mi ag aithneachadh gu robh fios
aige gu robh mi ann. Fo iomagain agus fo iomnaidh: mo shròin
flat ris an uinneig, mo shùilean air stad na mo cheann. Cionnas
bho Dhia, ciamar? Chrùb mi, mar a chrùb an Dubh-Liath ann a
bhana a' Ghiullain 's i dol a-null 's a-nall air an deigh, a' dèanamh
gu cinnteach air piolar drochaid Mhealaboist. Chaidh mi às an
t-sealladh dhan chòta clò, gus nach robh an-àirde ach an coilear
aige.

Nuair a bha mi ann an Èirinn, thuirt an tè a bha tarsainn
bhuam. A sùilean aosda, lainnireach. Bha na bòtannan oirre; a
bheannag mu gualainnean 's i ri fighe stocainn bhoban.

Feuch a-nis, thuirt i, gun toir thu 'n aire nuair a bhios tu a'
cromadh às an trèana. Tha an steap cho àrd agus cumhang.
Feuch gun toir thu 'n aire.

Shèid an geàrd an fheadag agus thog e an fhlag uaine agus
sheinn a' chlann-nighean:

'S fhada leam gu 'n toir i sraod,
'S fhada leam gu 'n toir an trèana
Brag air rèilichean a' Chaoil.

Bha iad a' gal. Ach dh'fhalbh i leinn mar a' ghaoth, 's bha mi ag
iarraidh innse dhaibh nach b' e trèana a' Chaoil – Achnashellach,
Achnasheen – a bh' ann idir . . . Seall. Bridge of Orchy, far an

robh a' ghreigh dhearg sna garbhlaichean agus cridhealas an àm èigheach air an stòp. 'S mus do chaidil a' chailleach, bha Corpach dorch dìleach a' tighinn fom aire – agus Àrasaig agus Mòrair mus do sheall mi rium fhìn. 'S bha an duine seo an tòir orm; 's ged nach robh mi ga fhaicinn, bha e ann. Bha e ag innse dhomh gu robh e ann:

faileas nam bròg aige ann an leus solais aig bonn an dorais;

a shùilean a' losgadh tro chùl m' amhaich, m' fhalt 's mo chraiceann air èirigh.

Rinn mi an t-aiseag dheth a dh'aindeoin sin, ann an cabhaig. Cha b' e siud long Chlann Raghnaill nan sia ràmh deug no iùbhrach nan trì chrann airgid no idir an *Ialliùgo* a bha siùbhlach gu leòr. Cò a-rèisde 's cò eile ach an launch aig fir na Comraich, Murchadh MacIllÌosa aig an stiùir ga seòladh suas gu Ceann an Ùib ann am Ploc Loch Aillse ann an solas na gealaich. Na creagan ud fhathast, àrd agus sgorach os cionn nan craobh, os cionn na mara, a' cumail faire oirnne agus air a' bhaile agus air gach nì beannaichte agus neo-bheannaichte a ta ann o linn gu linn a-chaoidh. Agus an oidhche sin mar a b' àbhaist, òl is ceòl is àbhachdas:

Ochòin, a rìgh, nan robh pìob thombac' agam,
Mo spliuchan làn agus còrr is cairteal ann,
Gun toirinn pìos do gach nàbaidh thachradh rium
'S gun cuirinn an còrr dheth nam phòcaid acha-lais.
Och-òin, a rìgh.

'S fhuair mi pìos dhan Bhogie Roll bho Sheonaidh Bogles agus glainne mhòr bho Tomag a chaidh nam cheann, 's cha robh spùtail gu 'n uair sin, cha robh spùt. Thàinig iad le each is cairt 's chaidh mo shadadh na deireadh. Bha clann MhicAoidh a' seinn 'Come by the Hills' agus clann MhicCoinnich a' feadaireachd 'Kate Dalrymple'. Ach na mo chluasan-sa òran an tombaca – fad na slighe air frith-rathad Dhùn Creige gu taigh Charlie Lachie fada a-staigh sa choille dhlùth.

Na rinn mi cùis-chac dhìom fhìn a-rithist?

Bha an t-each ga mo choimhead.

Bha e ciallach; cha b' e a h-uile rud a bha 'g iarraidh a fhreagairt.

Shuidh mi air a' chlach ghlas bu bhòidhche snuadh agus sheall mi ris a' bhaile, sàmhach ann an càil an latha. B' e siud sealladh a b' àill leam: na bàtaichean air an loch, an Sgeir Bhuidhe agus Rubha Mòr; 's na b' fhaide tuath – cumhachdach agus bith-bhuan – Bealach nam Bò.

Cha robh air ma-tà san uair ach fantainn tosdach mar Buda agus beachdachadh air staid spioradail an t-saoghail seo agus an t-saoghail ud eile thall ye ken mo shùilean togam.

Suas a chum Sgurr a' Chaorachain 's Meall Gorm nan ligheachan uisge; suas chun a' Bhealaich far a bheil na tàrmachain nan àite-còmhnaidh; agus suas nas fhaide shuas gu Fuar Tholl, a' bheinn nach dìrinn gu dige dìle, ged nach iarrainn a chaochladh ach seasamh air a maoil, suidhe casa-gòbhlagan air a sròin. Dia maille rium, tha sròin ann an sin! Sròin Disraeli? Chan e, chan e. Gladstone a-rèisd? Duke of Wellington? Dìreach a' bheinn. Chì thu an cumadh sin oirre bhon iar – sròin is maol, cliathaich cinn ag amharc suas a nèamh nan speur. Ann an co-chomann ri rud nach lèir dhomh agus nach cluinn mi agus a tha ann. Bidh mo chridhe ri toirt leum às.

'Eil duine shuas an sin?

Tha fios aig a' bheinn ud.

Na mo bhalach, na mo laighe air a' ghlasaich, chunnaic mi e aon uair. Bha an t-adhar gorm, le ultaichean de sgòthan mòra geala cumulus. Agus chunnaic mi e. 'S bha e dìreach mar a bha dùil agam, le shùilean domhainn na cheann – a cheann – glè cholach ri Gladstone ach a-mhàin an fheusag agus am falt na thuiltean a' sruthadh sìos.

Chunna mi Dia! thuirt mi ri mo sheanmhair.

Am faca, a ghràidh?

Bha e fiadhaich. Mar Dòmhnall Mòr 'Ain Tàilleir.

Bhiodh mo sheanmhair ga chluinntinn nuair a thigeadh an droch thìde – gaoth agus frasan trom agus clach-mheallain, bha a ghuth annta. Ach chan fhaca duine e ach mise! Agus Maois. Bha e glè colach ri Maois, agus colach ri Ieremiah a' tuireadh staid mhuladach Ierusaleim. Ach cha b' iadsan a bh' ann, Maois agus Ieremiah. No eadhon Ignatius Loyola no Dòmhnallach Mòr na Tòiseachd, a bheireadh na deòir às na clachan. Dia a bh' ann. 'S chan fhaca mi tuilleadh e, muladach mo staid san aonach.

Seo a chanas mi, ge-tà, sa mhoch-mhadainn aig a' chlach ghlas, cuilean beag geal aig mo chasan 's mi ri coimhead tarsainn gu Bealach nam Bò:

Tha rudeigin an làthair air an aonach – cha duine e no ainmhidh, no eun iteagach nam frìth.

Tha rudeigin an làthair anns a' bheinn: faighnich dha Buda.

Anns a' chloich, anns a' chraoibh: faighnich dhòmhsa. Aom rium do chluais agus cluinn mo sgeul:

Thàinig am boireannach aosda thugam sa ghàrradh.

Nuair a bha sinn air ùr-phòsadh, thuirt i, mise 's mo dhuine, chuir sinn na craobhan sin – meanganan òga daraich, taobh ri taobh. Seall a-nise mar a dh'fhàs iad cho faisg dha chèile – 's fheudar an tanachadh.

Gun an còrr a dh'ràdh, dh'fhalbh mi le sàbh Sandvik agus làmhach, a dhèanamh sgrios.

Bha iad fallain ùr, na fiùrain àlainn.

Bu bheag mo dhiù: chuir mi am faobhar biorach ris an lùb bu mhaotha, 's le lùths mo ghàirdein tharraing mi an sàbh trì tursan thugam 's an uair sin bhuam.

A' chiad ghearradh, leig i èighe.

An dàrna gearradh, leig i ràn.

Nuair a thuit a' chraobh gu làr, bha sgread-bàis aice nam chluasan. 'S nuair a sheall mi suas, bha càch gam choimhead is gam dhìteadh.

Dè an cron a rinn a' chraobh bhòidheach ort, a mhurtair? Bha luaisgean orra anns a' ghaoith, cuid dhiubh air an cinn a chromadh.

Murt a bh' ann, thuirt mi ris an tè aosda aosd.

Agus sheall i rium.

Agus chreid i mi.

Chreid Murphy. Bha an t-uabhas aca an Èirinn de chraobhan naomha, coisrigte. Aig an robh an t-uabhas ri dh'ràdh.

Hey, that's cool, thuirt C.B.W., agus sheinn e 'O Rowan Tree'.

Thuirt Eòin Iosèphus nach do bhruidhinn craobh ris a-riamh, co-dhiù cha robh uimhir ann dhiubh an tìr an t-Soisgeil – tè ann an gàrradh Sheonaidh Eàirdsidh 'Ic Aonghais Dhòmhnaill a' Chamshronaich, ach bha a leòr aicese a' strì ri na siantan, 's co-dhiù ged a chnàmhadh tu do theanga gu bun a' bruidhinn rithe, not a word bhon ghalghad ud. Ach Eubhal 's a' Bheinn Mhòr – sin agad far a bheil a' chuideachd. Buda, an duirt thu? Dhia, nach

b' e 'm balach e, a laochain! Buda 's an Dalai Lama, 's Donnchadh
Bàn Mac an t-Saoir.

Bha sinn a' dìreadh K2.

Bha Eòin Iosèphus, mar ghobhar nan creag, air thoiseach, agus
air a shàil Dòmhnall Mòr 'Ain Tàilleir, a bhris ciste Fhionnlaigh
's a mharbh a mhàthair le dòrn. Eadar mise agus D.M. 'Ain
Tàilleir bha Di-Lìob, fear a mhuinntir an àite – Pagastan – air a
cheann lurmach, liath a chiabhagan. Bha botal plonk aige, 365 a
thàinig às a' Chrown ann an Steòrnabhagh, 's bha e leis an deoch,
a' trod. Bha còta salach air sìos gu bhrògan – Lorns a chàirich
Eachainn Bodhar dha mus do dh'fhalbh e air an expedition. Bha
Di-Lìob a' trod. Agus bha an cianalas air, ag iarraidh dhachaigh
chun a' Mhol a Tuath 's a-mach Ceann a' Bhàigh far am b' eòlach
e. Bha mo dhà shùil-sa air na Lorns aige: leth-bhonnan leathair
gun aona thacaid, buinn dhubha gun chruidhean.

دُور بہت دُور، پہاڑ کی چوٹی ! dh'èigh Di-Lìob.

Come by the hills, sheinn clann 'IcAoidh, bu bhinne leam.

Bha mi 'n-dè 'm Beinn Dòbhrain, thuirt Donnchadh Bàn. Bha
esan air dheireadh, neo-threubhach.

An t-urram thar gach beinn, thuirt e.

Bha iad mar thannasgan, air mo chùlaibh. Cha b' urrainn
dhomh sealltainn riutha 's an cunntadh. Labhair an t-seana
bhean:

Cunntaidh mis' iad. Ladies first, ha! ha! ha! Nach gabh
thu beachd: Mèireag Fionn, Anna Sholomain agus Murdag
Dhòmhnaill Mhurchaidh Chaluim – bha peathraichean aosd
aice, tè dhiubh tinn le TB air an uinneig. Agnes. Cò tuilleadh?
Seonag Shuathain agus Catrìona na Sùisd agus Doileag Iain
Aonghais Bhàin, a phòs am Bogarran. Agus Doileag Ghirein

agus Doileag a' Ghoill 's Catrìona Dhòmhnaill Stuffain. Kate nan Twins. Peigi Iain Bhig agus Seònaid Iain Bhig. Catrìona Chailein agus Margaret MacLeod, le muinntir Choinnich Aonghais, piuthar dhan a' Bhodach Being, O mo chreach-s'!

Robh na daoine sin gu lèir air mo chùlaibh?

Cuileam, thuirt an t-seana bhun. Chaidh e a Chanada. Lutch, bràthair aige air an robh Gàrs. Caluman agus an Cròicean, cha dèanadh iad cuisteanan. Bogarran a' Phut, Dòmhnall Bàn Pheel, Traodan Dhòmhnaill Ruairidh agus Fogsch. Malcolm MacRitchie, sin Fogsch. Iain Dhòmhnaill Bhox agus Dòmhnall Murraigh agus Cum (as in 'Rum'), am fear a b' òige de theaghlach Phoids (as in 'Anna Phoids'). Dòmhnall an Tiger agus am Prince, Gòmag, cà na dh'fhàg mi i? Gormelia MacLeod. Agus Cuileam.

Thubhairt thu e!

An duirt mi Lutch?

'Eil na daoine sin gu lèir air mo chùlaibh?

An duirt mi Iain an Fhèidh?

Cha dubhairt.

Thàinig a' chuthag chun taigh-sgoile agus bhàsaich Iain an Fhèidh. Nach dubhairt mi, thuirt am ma'-sgoile.

Bha mi a' smaoineachadh: ma dh'fhalbhas Di-Lìob le na brògan sleamhainn; ma thuiteas Di-Lìob na ultach sìos air mo mhuin, chan eil de neart annamsa a chumas e agus tuitidh mi fhìn 's e fhèin air an t-seann tè agus tuitidh ise air Cum agus Cum air Mèireag Fionn agus Mèireag Fionn air Fogsch agus Fogsch air Iain Dhòmhnaill Bhox, a h-uile dòlas duine pell-mell sìos K2, 's cha chuir Donnchadh Bàn stad oirnne 's e neo-threubhach a-nis, gun lèirsinn ro mhath, gun false teeth.

An duirt thu d' ùrnaigh? ars an t-seann bhean nam chluais.

Sheall mi suas.

Bha Shiva a' sileadh nan deur. Cha robh sgeul air Yeti, mathan no muncaidh. Ach chunnaic mi yak gu h-àrd anns an t-sneachd, sìtheil a' cnàmh a chìr. 'S ma chunnaic mise, chunnaic 's Donnchadh Bàn nan cuilbhear gorm, lèirsinn ann no às, deudach. Chuir e an gunna dam b' ainm Nic Coiseam ri shùil.

Ho-ro mo chuid chuideachd thu, thuirt e, a' tilgeadh an spraigh ud nach do rinn feum dha fhèin no dha duine sam bith eile, agus dh'èirich a' bheinn ann an corraich 's thàinig an sneachd na thorran a-nuas. Mallachd Vishnu. Sìos seachad gun do ghabh E. Iosèphus:

O Chomolungma, Quomolangma, 's a Mhoire Mhàthair!

Chunna mi mulchag-shneachda agus casan Di-Lìob a' steigeadh a-mach aiste agus dòrn Dhòmhnaill Mhòir 'Ain Tàilleir leis a' bhotal 365. Agus a' yak, bròinean, na laighe a' sileadh fala gun fhios ciod an t-olc a rinn e. Bha mi ag iarraidh a chuideachadh, ach bha mise air mo leòn cuideachd agus fada ro fhada bhuaithe, caillte gun threòir ann an àite fuar mar aonach nan cnàmh tiorma.

Dè 'n fhàsach gun ghràs a bh' ann co-dhiù? Chan fhaicinn air gach taobh ach sìorraidheachd de ghaineamh loisgte agus leacan lom. Agus craobh. Bha a' chraobh rag rùisgte, rigor mortis, na geugan air sgàineadh, meòir a' crìonadh – dè 'm pian, dè 'n àmhghair, mus tàinig am bàs seo oirre? Agus ri bonn, ag èirigh às a' ghainmheach dhearg loisgeach, asnaichean is claigeann càmhail – am Bactrian dà-chnapach esan, às a' Ghashun Gobi. Agus air dhomh amharc car tamaill san uaigneas, dè tha thu a' smaoineachadh a thachair an uair sin nach fhaigh thu ann an labhradh Eseciel ach a gheibh thu an seo:

Aiseirigh a' Chàmhail –

O mhic an duine, agus na dhèidh sin,

Aiseirigh na Craoibhe!

Sheall mi an toiseach ri cnàmhan is claigeann geal a' chàmhail agus sìos a tholl na sùla far am faca mi builgeanan beaga fala a' goil gu brais 's a' tighinn gu chèile nan aona bhuilgean mòr sgleòthach. Ach nach b' e builgean a bh' ann mar a chì thu iomrall san ioma-shruth, no air maoil manaich no air màs muncaidh no ag èirigh chun uachdair ann am prais mharagan. 'S e bh' ann ach sùil. A' dùnadh 's a' fosgladh ann an gathan geal na grèine. Sùil le frasgan. Agus chunnaic mi fèithean agus feòil a' fàs air na cnàmhan, 's chaidh an còmhdach le craiceann, agus fionnadh a dhèanadh deagh chòta nuair a thigeadh an cabhadh agus an deigh.

Dhomh deoch, thuirt an càmhal, a' gluasad gu ghlùinean mar gum b' ann ag ùrnaigh.

Dh'òl agus dh'òl agus dh'òl e.

Rinn e fuaim: Chchl-aoch. A' sùghadh.

'S nuair a fhuair e a leòr, sheall e rium. Le mòrchuis. Agus thilg e smugaid orm, ach chrùb mi – ha! 'S beag a bha dh'fhios aige cò bh' aige. Thàinig e a-steach orm a' bhròg a thoirt dha mun charbad – gob na bròige, nach do chàirich Eachainn Bodhar, a thoirt dha suas an cuinnlean – nuair a chuala mi sgreuch a' tighinn bhon chraoibh.

Sheall mi.

Bha a' chraobh ag atharrachadh, 's cha b' e atharrachadh nan gràs. An àite tilleadh gu h-inbhe barrach, ùrar, òg-dhuilleach, nach do ghabh i cruth duine nach robh coimhlionta, ceart, can an rud a thogras tu. Dh'fhàs fèithean air na cnàmhan, O gun teagamh. Bha iad gorm fon chraiceann, sreangannan gorma. Feòil cha robh idir ann, idir idir idir ann. Bha an craiceann cho tana, bhiodh tu air an fheòil fhaicinn. Cha robh i idir ann, cha robh na dheigheadh dubh fod ìne, fo fhiacail-cùil càmhail. Agus an craiceann fhèin le broth. An siud 's an seo. Broth agus am piocas agus at an siud 's an seo. Na niosgaidean cràidhteach air cùl na h-amhaich.

An tu Iob?

Thionndaidh an ceann thugam le dìosg.

Dìosganaich fhiaclan.

Cha robh sùilean ann; dà tholl dhubh gam choimhead. Thog e a làmh ri mhaoil. Gam choimhead. Bha spaid aige anns an làimh eile.

Thrèig Dia an t-àite seo, thuirt e. Cò chuireadh iongnadh air? Agus na diathan uile, theich iad. Thug iad an casan leotha, an fheadhainn air an robh casan; agus an fheadhainn air an robh sgiathan, sgèith iad; agus an fheadhainn a bha gun sgiathan, gun chasan, roilig iad air falbh mar chloich a ruitheas le gleann, mar a chual' thu aig do sheanmhair, feasgar fann foghair. Oh, pass that gin.

Hic! thuirt e. Ich liebe dich nicht, 's mura h-ith, fàg! Tric 's gura tric, thuirt e, a bhios mi a' smaoineachadh gu bheil an diabhal fhèin air an t-àite seo fhàgail. Ach tha e ann. Agus tha thus' ann nad chrioplach 's nad chùis-thruais. Ro anmoch a-nis, 'ille dhuinn ho-gù, a dhol dhachaigh agus cagnadh bruis.

Carson an spaid?

Cionnas a-rèisd a nì mi uaigh dhut?

Uaigh dhomh?

Dh'fhaodainn do losgadh ach chan eil maids agam. No

dh'fhaodainn d' fhàgail aig na radain a nochdas air an oidhche: chan eil fithich an seo ann a dhèanadh do spiulladh ceart. No dh'fhaodainn do chuir ann an sloc man sloc-buntàta le crois led ainm agus R.I.P. gus am bris an là. Na bi smaoineachadh nach do smaoinich mi air do cheann-crìoch. Smaoinich. Agus is e toll nan sia troighean as iomchaidh, ged as fuar e 's ged as cruaidh am fonn. 'S na tigeadh e a-steach ort aon uair, ars esan, a' cladhach morghan 's a' sadadh an-àirde fras bho fhras le gob na spaid, gun tog mi *Martyrdom* aig do lic no gu seinn mi a' phìob-mhòr, pìobaireachd dubh a' bhròin – seall a-mach!

Stad e.

Well, thuirt e, heh, heh, cha sheall thusa sin, a-mach no a-steach, no, siree! Bidh tu marbh.

Marbh?

Seall air fàire, far am faic thu an fhàsach a' coinneachadh ris an àird an ear. 'Eil thu ga fhaicinn a' tighinn, O hì-ri-rì?

Genghis Khan, le sgian eadar fhiaclan?

Seall a-rithist. 'Eil thu ga fhaicinn, a' marcachd air steud na muinge faide, na làn-armachd?

Attila the Hun? Abdullah, the Mad Mullah? Alasdair garg, mac Cholla Chiotaich, Cholla Ghasta?

Seall gu math, a chùis-thruais. Faic an lasair na shùil, 's gun fa-near dha ach murt is marbhadh: d' fhuil a dhòrtadh agus d' fheòil a stialladh agus do cheann a spludadh – schwak! – sìos gu do smiogaid. Fàg mi a-nise an ceann mo ghairm, a' cladhach do leabaidh bhuain far an laigh thu, heh, heh, gun smior no smuais ad chnàimh.

Agus thilg e fras ùir orm a dh'fhàg mo shùilean gun lèirsinn.

Chluinninn an t-each steudach, ge-tà, a' tighinn, agus

Shrapnel, ann an riochd an diabhail, ga bhualadh 's ga ghreasad.
Mo bheud 's mo chràdh – am b' e seo mo dheireadh mu dheireadh?
'S gun mi fhathast ach òg. Gun mi fhathast air ruighinn aois a'
gheallaidh, rud a bha dhomh mar ruighinn na gealaich uair dha
robh mi air an iomair a' ceangal sguab 's a' spealadh coirc. 'S am
b' e seo e uile, 's a liuthad rud a bh' agam ri dhèanamh nach do
rinn mi? Dhèanainn liost cho fada ri do ghàirdean.

Dhèanainn liost:

sausages – dusan, beef, à bùth an Dòmhnallaich;

marag dhubh, agus punnd mions agus liver agus dubhagan
agus chops – dusan;

rionnach saillt – dà rionnach! a chuireadh lìnigeadh math air
mo stamag mus fhalbhainn;

aran-coirc mus fhalbhainn, pìos na mo phòcaid dheth gun
fhios nach tigeadh an t-acras orm;

branndaidh gun fhios nach tigeadh cuairt orm;

La Chasse du Pape!

Leig a-mach an cat mus cac e air a' mhat.

Siud gu leòr deoch, tuilleadh 's a' chòir biadh, leig bò braidhm.

Aodach a-nis agus earail bhon t-seann tè: biodh do dhrathars
glan co-dhiù, gun fhios nach tèid do thogail dhan ospadal. Do
thogail dhan mhortuary.

Dh'fheumainn Murphy a lorg. Gheibhinn còta-mòr agus
brògan tacail tacaideach. Shiùbhlainn fada.

Dh'fheumainn Riach a lorg – car na amhaich, mac an
riabhaich a leig sìos mi. Ged a sheinneadh e 'Jock o Hazeldean', a
fhuair e bho a sheanmhair Logan, 'Nobody's Child', a bhiodh aig
Uncail Eddie air a' bhus oidhche Shathairn làdach uisge-beath' is
lager; dh'fheumainn mo mhùn a dheanamh mus caillinn e, sure

by Tummel a' dol dhachaigh, steall nan steall anns a' bhriogais a bha air Strachan tachaiseach am Bloemfontain.

'S gu h-iongantach, an uair sin bha mi air tilleadh gu baile mo bhreith is m' àraich agus a' dèanamh air an taigh san robh dithis chailleach – beannagan is handbags – mu choinneamh a chèile aig an teine.

Gu sealladh Dia orm! thuirt an dàrna tè. Seall cò tha seo a-steach an geata.

Falaich am botal! dh'èigh an tèile.

Gum beannaicheadh Dia an fhàrdaich seo, arsa mise. 'Eil deur agaibh a-staigh?

Chan eil!

Tha, ge-tà, tha. Agus dùin thusa do chab, seall fhèin air an truaghan. Càite – a thruaghain – an robh thu?

Ànrach bochd, 's b' e sin esan.

Na bi 'g èisdeachd rithe. Siuthad thusa.

Thug i dhomh làn an tiomaileir.

Cà robh mi? arsa mise. Cà nach robh!

Tharraing mi an sèithear a-steach chun an teine. B' fhada bho nach d' fhuair mi èisdeachd. Dh'innsinn mo sgeul o thùs gu èis.

A dhuine, dhuine . . . Agus chrath mi mo cheann mar dhuine a bha dìreach air tilleadh o shliosan reòthte K2 's a chaidh tarsainn an Gashun Gobi air yak.

Tha cuimhn' a'm, arsa mise, tha cuimhn' a'm – 's ann! Air bàta, a' dol gu Bandar Abbas . . .

Addis Abàba Friday!

Nach leig thu dha, a thràill!

An dèidh dhomh a' Hotel de la Revolution fhàgail, thàinig mo mhùn thugam . . . dh'fheumainn a dhèanamh.

Ged a bhiodh crùn agad anns an latha.

Cliaraig chun na sitig leis, ma-thà, agus gabh dhachaigh. Tha cuideigin shuas an sin a' feitheamh riut.

Cò?

Chunnacas air uinneag e, am beul na h-oidhche. A' coimhead a-mach.

Cò!

Shuas an staidhre, air an uinneig. Cha do chuir e solas air . . .

Solas!

Las cuideigin maids, agus leum mi.

Leig mi sgreuch.

Leig an duine a las am maids sgreuch. Bha dithis ann, dà sgreuch!

Thàinig sgreuch bho gu h-àrd!

Hell's teeth! thuirt guth nighinn. Dh'aithnich mi an guth – nìghneag nan geug – 'Oh, loely, loely cam she in . . .'

Las iad coinnlean. Dh'aithnich mi cruth a' ghaisgich a bha còmhla rithe.

Hey! dh'èigh e. It's the bourbon man!

Tha thu an siud, a MhicDhonnchaidh.

Hell's bells! dh'èigh an nighean.

Thuirt mi rithe gu robh i a-nis air 'Hell' a dh'ràdh dà thriop, 's mura b' e glè bheag dhomh . . . Agus thuit i ri mo thaobh a' gàireachdainn, a casan caola os a cionn.

Cha mhòr gun creideadh MacDhonnchaidh gun aithnicheadh sinn a chèile.

Cha mhòr gun creideadh ise gun aithnichinn-sa MacDhonnchaidh.

Sheall mi riutha, an dithis aca, cho òg agus cho bòidheach.

Bha mi taingeil gur h-iad a bh' ann.
Agus toilichte.
Faighnich dhomh an robh mi toilichte.

8

OK Corral

06.30

Buillean ciùil agus guth boireannaich le na naidheachdan air
Dihaoine, an ceathramh latha deug dhan Mhàrt . . .

Shìn i a-mach a làmh agus bhrùth i am putan a chuireadh
am fuaim dheth. Bha guth a' bhoireannaich ro àrd agus ro
chabhagach. Thigeadh guthan eile a bhruidhneadh na b' àirde
– gleadhraich na ceann. Bha e uabhasach math am putan a
bhruthadh 's an cur dheth. Fois an uair sin sa mhoch-mhadainn,
greiseag bheag mus deigheadh i dhan ghleadhraich a bha a'
feitheamh oirre fhèin: gearain agus àmhghair agus eu-dòchas.
Bha i duilich nach robh *Lift Up Your Hearts* air tuilleadh: ùrnaigh
agus earrann à Facal an Tighearna.

Dh'èirich i 's chaidh i air a glùinean ri taobh na leap. Dhùin i
a sùilean. Phaisg i a làmhan.

Na guidhe, dh'iarr i:

gum beannaicheadh Dia a bràthair, Dànaidh, a bh' anns an
dachaigh, le na varicose veins agus rupture;

gum beannaicheadh E Doileag, a bhean, a bha ga fhrithealadh;
's gun cumadh E i gun a phronnadh, no co-dhiù a thachdadh;

gum biodh E leis an teaghlach air fad, beag is mòr is
meadhanach – maitheanas dha Tubby, a thug masladh orra, agus
dha Georgina, a ruith leis an Ruiseanach – gum biodh E ghan
treòrachadh;

agus a' treòrachadh Mavis E. Beattie, a ruith leis a' phoileas;

agus an Chief Superintendent, a bha dona leis an losgadh-
bhràghad;

agus an detective, retired, a bha dona . . . O, gun deigheadh stad
a chur air! 'S gum biodh an duine bhon taigh air a ghleidheadh
bhuaithe agus on bhàs an-diugh fhèin, O Dhè, an-diugh fhèin air
an latha seo, an ceathramh latha deug dhan Mhàrt . . .

07.23

Stad càr a' phoilis air taobh thall na sràide tarsainn bhon chlobhsa
san robh Betty Colquhoun agus Veronica McVie a' fuireachd.

Bha dithis anns a' chàr: D/S Tait agus W.P.C. Turnbull.

Chuir W.P.C. Turnbull thuige fag, agus an dèidh dhi a cur
thuige dh'fhaighnich i dha Tait an robh diofar leis agus thuirt
Tait gu robh agus thuirt W.P.C. Turnbull, Oh, shit, ach cha do
chuir i às an fhag gus an tug i aon tarraing mhòr dheireannach
aiste agus trì tarraingean beaga cabhagach agus lìon an càr le ceò
fhàileadhach làn chemicals: chan fhaiceadh Tait bàrr a shròin.

Bha Tait sgìth. Chan aithnicheadh tu air aodann gu robh
e sgìth; chan fhaiceadh tu na shùilean e; cha chluinneadh na
chòmhradh. Ach b' e seo an ceathramh latha aig Tait gun chadal
– 79.28 hrs.: thoir air falbh fichead mionaid airson norrag a rinn
e, a' fàgail 79.08 hrs. gun chadal – 's chan aithnicheadh tu air e.

Bha Tait cho fada gun chadal seach gu robh e a' caithris D/S 'Shrapnel' Watson, retired, le òrdugh teann on Ard-Cheannard Robert R.O. Crawford M.B.E. Cha robh dùil aige na latha, no na oidhche, gun tigeadh an duine sin, Shrapnel MacBhàtair, a-chaoidh gu bràth tuilleadh na rathad às dèidh na thachair, bliadhnachan nam bliadhnachan mòra air ais, ann an Gorgie. Cha b' e idir a' bhrùidealachd no an t-eagal, ged a bha sin eagalach gu leòr, ach gu robh am bàs greis an làthair anns an t-seòmar ud. Dh'fhairich e e, glas agus fuar agus faisg dha, a' gabhail seachad. Bu mhath gun deach e seachad. Bha cuimhne aige air a bhith tinn agus lag, agus Arthur James MacIlwraith – heroin agus crack cocaine – na laighe leth-mharbh, air e fhèin a ghànrachadh gu h-àrd agus gu h-ìosal.

Sgom, thuirt Shrapnel, aodann a-mach à cruth ann an cruth an diabhail.

Agus an dèidh nam bliadhnachan, an t-aodann sin a-rithist. Thàinig e a-mach às an taigh mu mheadhan-oidhche, agus gun sùil a thoirt taobh seach taobh, rinn e dìreach air a' chàr aige.

Agus an dèidh nam bliadhnachan, a' faireachdainn sin a-rithist, gu robh rudeigin an làthair mu thimcheall an duine seo, agus bha gnothaich aige ri fòirneart agus bàs agus bha e anns na sùilean aige, fuar ga choimhead. Cha duirt e facal. Dìreach ga choimhead le na sùilean ud air uinneag a' chàir. 'S an uair a dh'fhalbh e, sheall Tait ri làmhan 's bha a làmhan air chrith.

07.30

Sheall W.P.C. Turnbull tron cheothaidh ri Tait.

— Okay?

B' fheàrr le Tait a bhith gu achlaisean anns an òcraich bu teotha.

— Theirig thus' ann, thuirt e.

— ****! thuirt W.P.C. Turnbull.

B' e seo an treas triop aca gan iarraidh. Feuch gum bi iad aca fhèin, thuirt R.O. Big Chief.

A' chiad triop bha iad gun bhliam an Àit'-adhlaic nam Manach Liath. Nuair a bhris an latha cha robh sgeul orra, ach cha b' e an talamh a shluig iad.

An dàrna triop cha robh comas còmhraidh aca, nan slèibhtrich ann an Cabhairn nam Bò, dà bhò chaol nach d' fhuair gu baile. Fhuair iad air an toirt dhachaigh.

Agus a-nise, tràth madainn Dihaoine 's i a' sileadh . . .

— Okay?

— Okay, arsa Tait, aghaidh a' bhuinn air a' bhathais. Bha e a' miannachadh gu robh masg aige a chuireadh e mu shròin mar a bha aca anns a' mhorgue. Bu chòir dha masg a bhith aca, na h-àiteachan dham biodh iad a' dol – mar an fhàrdaich seo an-dràsta, rudan ag èaladh anns an t-salchar, gamhlasach ag iarraidh thugad.

Bha Betty agus Veronica nan cadal suaimhneach còmhladh ann an leid air an làr: Betty air a druim agus Veronica air a cliathaich, a gàirdean air taobh a-muigh na plaide tarsainn mu mheadhan Betty. Chan fhaiceadh tu aodann Veronica, bha a falt ga fhalach. Bha falt Betty a' sgaoileadh air a' chluasaig – dualach, cuaileanach, òr-bhuidhe. Cha mhòr gun creideadh Tait a shùilean: cho bòidheach 's a bha iad, òg, fìnealta, bòidheach.

Thug e ceum na b' fhaisge agus ann an guth socair thuirt e

— Good morning, Betty. A' faireachdainn a chuirp a' teannachadh mus tòisicheadh na hullabaloos, am mì-mhodh agus an droch cainnt.

Dh'fhosgail i a sùilean. Bha toileachas annta agus sgìths. Air èiginn a chluinneadh iad a guth:

— Morning... Mister... polisman... 's rinn i gàire beag fann mus do dhùin i a sùilean a-rithist. Cha tàinig smid bhon tèile.

— Oh, ma Goad! dh'èigh Turnbull, a' tarraing sìos na plaide.

Bha iad air iad fhèin a ghlanadh. Gùintean-oidhche, stocainnean blàth mun casan...

Och, the bonnie bairns. Cho sìtheil a-nis. Cho marbh.

08.00

Tha am baile air dùsgadh agus a' gluasad ann an cabhaig:

daoine ri sadadh orra aodach is brògan, a' slugadh cofaidh, teatha, tost;

spàirn san t-seòmar-ionnlaid: uisge Ghlinne Cors ga fhrasadh ga stealladh sìos na shruthanan; agus on doimhneachd, de profundis, trom-osnaich agus torman mionaich – dè tha ga do chumail?

tha an radio a' toirt cunntas air staid an t-saoghail: cogadh, conaltradh, cia 'n taobh a-nis an trosg?

guthan – àrd, nas àirde agus nas àirde buileach: cà na dh'fhàg mi am baga? dè 'm baga, cò 'm baga? agus iuchraichean a' chàir!

tha an A74 dùinte tuath air Lockerbie; sneachd às ùr an Tom an t-Sabhail;

feuch gun cuir thu dheth an cucair – off, off, off, 's a-mach à seo.

Air na sràidean, chan eil fhios aig a' ghaoth dè an taobh bho sèid i. Tha i a' sèideadh co-dhiù, làidir iormall. Thuirt a' wireless gu robh i a' tighinn bhon iar agus feasgar gum biodh i na dearg-ghèile le bailcean uisge 70 mph. Dh'fheumte falbh le faiceall: cunnart sglèat fhaighinn mu chùl na h-amhaich, gob na h-umbrella san t-sùil.

Tha boireannach òg le umbrella a' beatadh gu cala an aghaidh na gaoith. Tha stùr agus sprùilleach nan sràid ag iomainich mu casan; pàipear-naidheachd, late edition, sgìth a' còmhdach corran fish supper, a' sgèith air falbh suas gu àird nan togalaichean; 's far an coinnich Tarvit is Brougham, biona dubh an sgudail na laighe sa ghuitear, a bheul fosgailte 's e air cur a-mach na bha na bhroinn. Tha balach beag le baga-sgoile a' ruith cana falamh Fanta; balach beag eile na ruith an comhair a chùil 's a' clapairtich a sgiathan mar eun mòr mara a' feuchainn às. Ruigidh an nighean a ceann-uidhe agus fosglaidh i geata agus doras na bùtha anns a bheil i leatha fhèin ag obair. Tha i a' creic èideadh Gàidhealach, pìoban-ciùil agus drumaichean, agus leabhraichean mun deidhinn; claidheamhan is dagaichean a chrochadh tu os cionn an teine, agus rudan fraochanach frìtheanach eile mar bhràistean agus sginean-dubh.

Dihaoine a th' ann, agus a h-uile Dihaoine mu mheadhan-latha, bidh duine fraoich a' nochdadh. Seallaidh e a-steach air an uinneig, a cheann eadar a bhoisean, a shròin flat ris a' ghlainne. Mura h-eil duine a-staigh, thig e a-steach.

Tha thu an sin, a m' eudail! canaidh e. Bonaid agus it', canaidh e, breacan is lèine! Bheir i dha am feadan Pagastànach, agus an dèidh an ribheid a bhìdeadh, cluichidh e 'Gabhaidh Sinn an Rathad Mòr' agus 'The 74th's Farewell to Edinburgh', a' dol cho ceàrr 's a ghabhas ceàrr a bhith, a sheanair agus a shean-seanair – na pìobairean ionmholta – air an nàrachadh anns an ùir an Uibhist ghorm an eòrna.

Aon latha thàinig e le 'pal' – duine beag bobhlaidh air an

robh Boag. Dhùin Boag a shùilean agus dh'èisd e ris a' chluich.
Nuair a bha e deiseil, dh'fhosgail Boag a shùilean agus thuirt e,
"Genius!"

Latha eile, thàinig e le cruchail mhòr de dhuine air an robh
còta trom trainnsidh agus brògan a bha air spreaghadh. Bha
cù aige. Nuair a thòisich an ceòl thòisich an cù, 's bha an cù na
b' àirde. Ach aig toiseach an dàrna pàirt dhan '74th's', nach do
nochd Ameireaganach air an robh colas sgràthail an airgid, agus
fhuair an luchd-ciùil an t-sitig.

Às dèidh sin, bhiodh e a' tilleadh leis fhèin, a h-uile Dihaoine.

12.10

Bha e na laighe air uachdair na leap 's a' coimhead suas ri mullach
an ruma. Cha b' e rùm a bh' ann ach an treas pàirt de sheòmar-
suidhe aig beulaibh an taigh air an treas làr. Bha am bòrd-isean
cho tana ris a' phàipear agus chluinneadh e a h-uile sìon a bha
a' dol an ath-dhoras agus an ath-dhoras dhan doras sin. An
ath-dhoras dhan doras sin, bha Jansher, bràthair dha Abdul leis
an robh an taigh. Bha Jansher ag obair ann am bùth le Abdul o
mhoch gu dubh, seachd latha seachdain, seachd ochd bliadhna.
Anns an rùm ri thaobh bha Mr Butt. Bha Mr Butt ag obair o
mhoch gu dubh ann am bùth eile le Abdul, 's thuirt Jansher gu
faigheadh tu rud sam bith anns a' bhùth sin bho shnàthadan gu
acraichean gu elephants. Thuirt esan gu robh e ag iarraidh gunna,
's chaidh Jansher gu Mr Butt 's thuirt Mr Butt, No problem, Mr
Hind, agus thuirt Jansher an dùil an cuireadh e peilear no dhà
ann an Abdul cuideachd while you're at it, bloody slave-driver!

Phàigh e £200 air a' ghunna, ·25 Beretta. Semi-automatic. Bha
airgead gu leòr aige – b' fhada bho thòisich e a' creic dhrugaichean,

a' dol bho neart gu neart gus an robh e an-diugh ainmeil airson an crack cocaine a bha e a' bèicearachd. Thug e seachad e an-asgaidh dhan dà nighean shalach a bh' anns a' phàirc – dè 'n t-ainm a bh'orra? Veronica . . .

Thuirt Veronica:

'S tusa a chuir an sgian dhan mhastaig ud.

Thuirt an tèile:

Chan innis sinn idir ort.

Rinn e gàire ris fhèin.

Chan innseadh. Chùm e pìob an dèidh pìob dhan chrack riutha, agus an uair sin chaidh e thuca anmoch leis an stuth bu phrìseil: heroin, geal agus glan agus neo-thruaillidh. Cha deigheadh iad os a chionn.

Cha deach.

Shrapnel a-nis, agus dhan triop sa cha deigheadh càil ceàrr. Cha bhiodh ann ach an dithis aca. Fada dhan oidhche, dìreach an dithis aca, a-muigh air an t-sràid.

Eil cuimhn' agad ormsa?

?

Innsidh mi dhut. Choinnich sinn uaireigin ann am Fairlies.

Agus chitheadh e an t-eagal ag èirigh ann, a bheul a' fosgladh, a shùilean . . . B' fhiach feitheamh fad nan deich bliadhna fichead airson seo fhaicinn.

Dh'èirich e on leabaidh. Thilg e air còta. Chuir e an gunna na phòcaid.

Duilich nach b' e Kalashnikov a bh' ann. Kalashnikov AK47, sia ceud peilear anns a' mhionaid. Air a neo, na b' fheàrr idir, hand-grenade, agus faicinn Shrapnel a' dol an-àirde – nàile bho hì! na smiodairins.

15.47

Guth Tait air an reacòrdair:

23.33 hours, a' ceasnachadh Veronica McVie agus Betty Colquhoun, W.P.C. Turnbull an làthair . . .

An làthair ann an seòmar uachdrach an Chief Superintendent agus ag èisdeachd ri Tait, bha an Chief Superintendent, R.O. fhèin, agus Detective-sergeant Andy Tait e fhèin, agus W.P.C. Megan Turnbull ise i fhèin. Còmhla riutha, ann an còta geal, bha Miss Sharon Gardner, ròs o Shàron, forensic. Bha i ùr san obair, Miss Gardner. Bha i ùr co-dhiù, a lèine fosgailte sìos gu broilleach bu ghile na sneachd òg nam beann.

Cha robh sin furasda dha Tait, nach robh tric air a bheannachadh le seallaidhean cho àillidh. Ach, mar a b' àbhaist, cha do mhair e: fhuair e an uilinn bho Mhegan cruaidh anns na h-asnaichean – ise na coilear gorm dùinte teann chun nan smiogaidean. Rinn i gàire mòr ris, a' leigeil a broilleach fhèin a-mach. B' fheudar èisdeachd.

Bha e gu math àraid a bhith a-rithist a' cluinntinn an dithis nighean ud air na thadhail am bàs cho tràth. Bha a' mhòr-chuid dhan chòmhradh aca gun mhòr-chonn; spùtadh de chainnt shalach agus lachanaich gun chiall agus corr oidhirp air seinn, na bu cholaiche ri sgiamhail ann an craos na h-oidhche.

Roll me over!
In the clover!

Chluinneadh tu iad a' feuchainn gu 'n casan agus a' tuiteam agus W.P.C. Turnbull a' togail a guth. Bha facail aicese cho math riutha.

An ceann greis, ge-tà, na bailcean ud seachad 's iad a' fàs sgìth agus coma, nach ann a bhruidhinn iad air an t-sabaid a bh' ann an Donati's.

Bha an caraid, Wee Slash, anns an t-sabaid. Cha b' e rinn e.

Bha na bràithrean, Mícheál agus Cornelius O'Reilly, a' sabaid – na chèile.

Bha an duine leis an t-sùil, bràthair Edna, anns an t-sabaid. Cha b' e rinn e. No Billy Boag. No an teuchter, y'know – Bourbon – ged a bha sgian aige, skeen doo, y'know . . .

Chuir an Chief Superintendent stad air an teip.

— Innsidh Sharon dhuinn mun sgian, thuirt e.

— A' skeen doo, arsa Sharon. Bha i mu thrì òirlich a dh'fhaid – 7.7cm – le gob briste agus làmh dhubh. Cha robh dà rian air gur h-e a' sgian sin a chaidh a chliathaich an Detective-sergeant, retired. Nam b' e, bhiodh an leòn na bu mhotha, le reubadh agus stialladh ain-diadhaidh air feòil is craiceann, mar bhùidsearachd geamhraidh an droch bhùidseir. Bhiodh an lèine fon chòta, agus a' vest fon lèinidh, nan stròicean 's nan ribeagan. Cha b' ann mar sin a bha e idir: toll beag grinn glan a bh' ann, thuirt Sharon; toll a dhèanadh lannsa chaol, ochd òirlich a dh'fhaid, fichead cm., cho biorach ris an t-snàthad mhòr. Chunnaic i an sgian a bh' aig Wee Slash. Cha deach a cleachdadh. Cuideigin eile a bh' ann, thuirt Sharon, a' sealltainn riutha.

Dh'fhaodainn an-dràsda fhèin, smaoinich Tait, mo làmh a chur ri gualainn 's a falt a theich a-null . . .

Chuir an Chief Superintendent air an reacòrdair. Ghabh e balgam bùirn a bha beirmeil.

— Èisdibh a-nis gu math ri seo, thuirt e, brùchd air an t-slighe.

Agus na guthan aca a-rithist. Cho liotach, liopach a' dol an lùib a chèile. Bha iad ag ràdh gu robh fios acasan cò rinn e. Bha Tait ag iarraidh ainm. Cha robh cuimhn' aca – some pishing gammy-legged effing poser – agus an uair sin, a-mach à cop còmhraidh, thàinig an t-ainm Hind an-àirde. Hind agus Sean Connery.

— Nise, ars an Chief Superintendent. Now!

Agus an dèidh balgam brìoghmhor eile, labhair e mu Hind.

Bha cuimhn' aige gun thachair rudeigin, ach cha robh e cinnteach. Agus dh'fhònaig e gu tè a bha air a' phoileas aig an àm, Daphne Foubister à Sealtainn. Dh'innis Daphne mar a thachair: chaidh Hind fhaighinn san taigh-rìoghail ann am Fairlies air Ceum Lìte. Bliadhnachan bhuaithe; naoi bliadhna fichead agus còrr. Bha a cheann sa phoit agus a chas chlì na pìosan. Cha deach casaid a dhèanamh, 's le sin cha bhiodh sìon air chunntas aca anns an stèisean. Ach bha e brùideil, an rud a thachair. Chan fhacas a shamhail, thuirt Daphne, a bha gu dòigheil pòsda aig Vic 's a' fighe gheansaidhean agus churracan an tac an teine ann an Sealtainn.

Tha farmad aige rithe, thuirt Tait ris fhèin. Cò chuireadh iongnadh air.

Bha Sharon o Shàron a' bruidhinn. Bha i a' toirt iomradh air làrach nam bròg a bh' anns an t-seòmar san d' fhuaireadh an dà nighean, Veronica agus Betty:

A – na brògan aca fhèin, le cnip àrda stiletto;

B – brògan nam poileas, standard issue;

C !

— Èistibh, dh'èigh an Ceannard-Ceud.

— Dà bhròg eile, thuirt Sharon, nach robh a' freagairt air a chèile no air càch. Ach a bha mu chasan an aona dhuine.

Sheall i riutha. Bha a falt fada agus dubh agus a' tuiteam sìos mu sùilean.

— 'S bha a' chas chlì, ars ise, na bu lugha na 'n tèile 's air tionndadh a-steach gu 'n ear-thuath.

Smaoinich Tait: dh'fhaodainn an-dràsda beag mo làmh a chur tro falt agus sealltainn na sùilean. Agus sguireadh i a bhruidhinn air rudan grànda agus bhiodh aoibhneas, nach bitheadh, bhiodh seinn. Fada bho gach olc, fada bho gach olc.

Bha an t-uisge a' dòrtadh sìos, dubh dorch.

Bha Shrapnel a-muigh an sin agus b' e sin am bàs. 'S bhiodh sgàile ghlas a' bhàis a' dlùthachadh mu thimcheall a-nochd, fhathast a-nochd. Bha fios gum bitheadh, bha fios is faireachdainn.

Bha a' fòn le a h-iolach fhèin ag iarraidh freagairt.

— Tha mi 'g iarraidh Buster Hind a-staigh an seo, thuirt an Chief Superintendent, gan smèideadh air falbh.

Thog e a' fòn.

— Cò? thuirt e. Miss Elphinstone?

Agus riuthasan:

— Tha mi ga iarraidh a-nis. An-dràsda!

— Elspeth! ars esan. Cà bheil thu?

19.27

Tràth fhathast, cha robh a-staigh ach pàirt dhan ghràisg àbhaisteach. Bha Maria Carlotta gan riarachadh le minestrone a rinn i fhèin no na pizzas a rinn Francesco, an duine aice; bolognaise am pailteas bruich anns a' phrais agus pasta a rèir do mhiann 's do chàil.

Bha an Uireasbhaidh Gnùis bhos cionn bòla minestrone, an

toirm aige mar an t-Alltan Dubh na ligheachan, a' bagairtich 's
a' bùirich. Bha an cù Rastus ag amharc air le a shùilean donn
fo bhròn, mar gum biodh e ag ràdh: 'O teasairg mise, Dhè mo
neairt, oir dhòirt na tuiltean orm', no, na bu cholaiche: Nach
gabh thu truas ri ànrach bochd agus greas ort leis an truinnsear
sin 's na ith gu lèir e, a ghlamaiseir chac, 's mi air mo ghonadh
leis an acras. Cha b' urrainn dha Murphy an giùlain agus fhuair
e cùil dha fhèin thall aig an doras far an itheadh e gu sìtheil rèidh
aran is hama.

Mu choinneamh an dorais, aig bòrd beag cruinn dha dithis,
bha seann àigeach dam b' ainm Bob McVeigh, càirdeach dha Edna
Boag. Bha an ceann aige ceàrnagach, lom, agus dh'fhaodadh tu
do ghlainne leann a chur sìos air a mhullach fhad 's a bhiodh tu le
do dhà làimh a' cur an t-saoghail ceart. Ach cha ghabhadh tu ort
e, bha e eagalach brais na nàdar, am bràthair-athar seo dha Edna.
Bha a shùilean pinc gun fhrasgan agus bha a liop ìochdrach tiugh
agus fliuch agus colach ri pork sausage.

— Tha thu an sin, thuirt Murphy ris. An sin ann an sin na do
shuidhe.

Cha deach an conaltradh seach siud. Sheall dithis a-steach
air an doras: griobon beag balaich agus spideag bheag nighinn,
piullach, salach an dithis. Waifs. Nuair a chunnaic iad an seana-
bhun, thòisich iad a' gigealais agus a' seinn:

Bobbie Shafto's fat an' fair,
Combin doun his yalla hair;
He's my love for evermair,
Bonny Bobbie Shafto!'

Aig 'yalla hair', bha an droch nàdar air èirigh; aig 'evermair',
bha e air chrith air a chasan ag èigheachd:

— Awa, ye . . . Ah'll show ye . . . ye wee . . . just you wait!

— Bobby Daftie! dh'èigh an spideag nighinn.

— Hee, hee! dh'èigh an griobon balaich. Agus ruith iad air falbh dhan oidhche.

Thill ceann an àigh agus shuidh e mu choinneamh Murphy, 's bha a liop ìochdrach, nuair a thòisich an còmhradh, mar isbean air praidhpan a' sadadh spriotagan biorach goirt. Thuirt e gum bu chòir an stràcadh, an glasadh a-staigh 's gun sìon a thoirt dhaibh ach bùrn is crust. Na pàrantan cuideachd. Dh'aontaich Murphy agus dh'fhaighnich e dha am biodh ùidh aige ann an each a bha a' ruith làrna-mhàireach aig ceithir uairean aig Sandown Park. Thuirt esan gum bu chòir an uair sin an togail dhan Arm – Royal Scots, dè b' fheàrr? – 's an cur a chogadh gu taobh thall an t-saoghail airson saorsa na rìoghachd agus a còraichean. Thuirt Murphy anns an fhreagairt gum b' fhiach sùil a chumail air each eile cuideachd aig Sandown, anns an 2.15, £5 each way: bhiodh airgead aige na phòcaidean agus òr air nach cuireadh e feum – dè mu dheidhinn?

— Wha saw the 42nd, arsa Raibeart McVeigh, wha saw them gang awa?

Chunnaic iad Billy Boag a' tighinn a-steach, 's bha liost ann taobh an fhuaraidh. Na bu tràithe chaidh botal Beefeater a thràghadh ann an stàile Bheileig Strachain. 'S chaidh slòpraich a dhèanamh mar bu nòs anns a' Bhlack Bull còmhla ri Ella a' Special agus Beatrice. Ach bha latha eile aig Billy: cha robh taobh gu stiùireadh e a-nis nach biodh cuideigin – Boagalaidh a choreigin – a' togail ceann. 'S an àm dhaibh suidhe mun bhòrd agus riaghladh nan dram, bhiodh Boagalaidh ann. Bha e cho sgìth dhiubh 's a bha an gobha dha mhàthair, 's tha sin ag ràdh rud, nan deigheadh innse.

Chuir Billy fàilte air na laoich a bh' aig a' bhàr.

— Good evening, thuirt an Sasannach, a' glanadh a ghlainneachan on cheò 's on teas a dh'èirich bhon a' chruaic spaghetti a chur Fatsboy air a bheulaibh.

— Hic! leig am fear a bha a' gleidheadh na h-òige, a' faicinn nan Shelleys agus nan Denises – O ilmeag, O Montreal! – a' dòrtadh a-steach. Bha Fatsboy a' lìonadh pinnt dha Billy agus a' seinn man Domingo:

Without your love,
It's a honky-tonk parade;
Without your love,
It's a melody played in a penny arcade . . .

Agus tharraing Billy tè dhan a' chlann-nighean a-mach chun an làir, car no dhà, quick quick, slow. Fatsboy, 's a làmh ri chridhe, a' seinn a-nis dhan fhear a bha a' gleidheadh na h-òige:

It's a Barnum and Bailey world,
Just as phoney as it can be,
But it wouldn't be make-believe
If you
Bee-leeeved!
In!
Meeee!!!

— What a singer! dh'èigh Fat Frank bho dhoras a' chidsin. What a voice!!

— Thank you for the dance, kind sir, thuirt an nighean ri Billy, a' càradh pòg air a shròin.

— You serve the drinks now fast, thuirt Maria Carlotta ri Fatsboy. Look at all the Boag people coming in the door!

— Glenmorangie, thuirt an Sasannach.

21.10

Bha e na shuidhe ann an cùl an tagsaidh, an trilby air a tarraing sìos, coilear a chòta an-àirde. Chuir e an dràibhear na luairean, suas is sìos sràidean is cùil-shràidean gus na chaill iad an càr a bha gan leantainn.

— Carson mise? dh'fhaighnich an dràibhear.

Dh'innis e dha. Bhruidhinn e ris mar a bhruidhneas poileas: air a leithid seo a dh'oidhche anns a leithid seo a dh'àite, thog thu duine – mu leth-cheud bliadhna a dh'aois, five-ten a dh'àirde, còta clò, còmhradh neònach.

— Teuchter, like?

— Ceart. Cà 'n deacha tu leis?

— Bha cabhaig air. Cuideigin às a dhèidh.

— Cà 'n deacha tu leis?

Sheall an dràibhear dhan sgàthan:

— 'S tusa bh' ann! Thusa bh' às a dheidh! 'S fhuair thu an number agam, nach d' fhuair? Eh? Ha!

— Stad!

Bha am facal mar am peilear tro chùl a chinn.

Thàinig e a-mach às an tagsaidh, dh'fhosgail e doras an dràibheir agus shlaod e chun na sràid e air bhroilleach.

— Càite, a mhic an diabhail, an deacha tu leis?

Bha beul an dràibheir a' fosgladh 's a' dùnadh. Ach fhuair e air freagairt:

— Bheir mi ann thu, thuirt e, a' slugadh chnapan.

— Bheir thu ann mi, arsa Shrapnel, nuair a chanas mise.

Agus an dèidh mòran casdaich, bhon dràibhear agus bhon tagsaidh, lean iad orra.

21.10

— Ingan Johnnie, thuirt a' Chailleach ri Eòin Iosèphus Mac-a-phì, six a penny; wash yer face, an' ye'll be bonny.

Bha oidhche Haoine, mar bu dual, a' dol na b' àirde buaidh leis an deoch làidir, joie de vivre is carthannas!

Bha dithis nighean bhon an Salvation Army a' dol mun cuairt le na canastairean.

— Cuine tha 'm brot? dh'èigh an Uireasbhaidh.

— Thig dhan t-seirbheis 's gheibh thu brot!

Chuir Billy fàilte chridheil orra agus bhruidhinn e riutha air an staid spioradail:

— 'Eil sibh, ars esan, a' faicinn a' bhoireannaich sin?

Sheall iad.

— 'Eil sibh ga faicinn?

Thuirt iad nach robh.

— Okay, thuirt Billy. Okay! 'Eil sibh a' faicinn a' bhoireannaich leis a' chat?

Thuirt iad gu robh.

— Okay, arsa Billy. Sin . . . bids'.

— Language! thuirt tè dha na saighdearan, agus ghluais iad air falbh.

An duine a bh' aig an ath bhòrd, cha do chòrd a cholas riutha. Dorch a cholas, agus dubh. Cha b' urrainn na bu duibhe – a chòta, a lèine, 's mas fheudar, a dhà bhròig. Jack Palance, gunfighter, ag òl ruma dubh agus a' feitheamh.

— Na seall an-dràsda, thuirt C.B.W. ri Elspeth, ach tha e aig ceann shuas a' chuntair. Leis fhèin.

Sheall Elspeth.

— An duine sin?

— 'S e.

— Murtair.

— Cha mhòr nach . . .

— Chan fhaca mi murtair gu seo, thuirt i, a guth air a dhol ìosal. Ghabh i grèim teann air C.B.W. air ghàirdean.

— Am bi an sgian aige na phòcaid?

— The murder weapon, thuirt esan.

— Innsidh tu dhan phoileas, C.B., nach innis? Thuirt mi riutha gun innseadh, gu robh fios agad cò rinn e 's gun innseadh tu . . .

— All right, all right.

— Right away, an-dràsda, fhad 's a tha e ann an sin. Tugainn! thuirt i, a' leum gu casan. Ach an uair sin stad i

mar a stad an còmhradh

mar a stad an ceòl agus an t-òl, gach ceann air tionndadh chun dorais, far an robh Shrapnel na sheasamh le fiamh a' ghàire ag amharc orra.

Choisich e a-null chun a' bhàr agus dh'iarr e bourbon. Cha robh duine nach cual' e.

— Tè mhòr, thuirt e. For old times.

— No trouble, please, Mr Watson, thuirt Maria Carlotta.

Chaidh e dhan taigh bheag. Nuair a thill e, dh'òl e am bourbon.

— No trouble at all, thuirt e. Agus dh'fhalbh e.

22.05

Bha an t-sràid ud ag iarraidh a seachnadh. Nan seasadh tu aig a ceann shuas, no eadhon aig a ceann shìos – nach robh cho buileach bruailleanach – chanadh tu riut fhèin: Cha tèid mi 'n taobh ud idir. Sin bu ghlice dhut. Duine sam bith a dheigheadh an taobh ud, cha b' e an aon duine a bhiodh ann a' tighinn a-mach an taobh eile. Mar Niosgaid MhicÀdam nuair a chaidh e le dhruim chun an dotair Delaney: cha deach e a-riamh os a chionn, an criothnachadh a fhuair e.

A' gabhail na sràide seo, bhiodh a h-uile colas ann, no co-dhiù teansa

gun deigheadh do chas a chac a' choin, 11-4 fav.;

gun deigheadh tu fodha ann an lòn, 7-2;

gun deigheadh tu air do bheul-fodha/air do thòin dhan a' ghuitear, 6-1;

gun tuiteadh telebhisean ort bho uinneag àrd, 16-1;

gun tuiteadh sòfa ort bho uinneag àrd, 16-1;

gun tuiteadh duine beag gun nappy ort, 33-1.

Bha fuaim nan creach ann, agus a bharrachd air fàileadh a' mhùin, fàileadh uinneanan, air an ròsdadh gu bàs ann an làrd.

Bha duine le anarag aig a' phraidhpan, a' guidheachdan dhan a' cheò a bha ag èirigh 's a' dol na shùilean. Bha duine cnàmhach a' dalladh air lager 's a' dol droll. Bha duine droll – plonk is tachais – a' cunntadh nan tionaichean a bha aige ann am baga:

Ambrosia, bha e ag ràdh, agus oxtail soup. Oxtail soup agus ambrosia agus Fry's Cocoa.

Gu h-ìosal fuar san t-seòmbar ìochdrach, bha duine na laighe air bobhstair ag èisdeachd riutha. Duine sgìth fo mhì-ghean agus trom fo luaisgean. Duine fon choill. Bha e a' smaoineachadh: cha tog fidheall mi, no clàrsach. Ach ghabh e balgam bourbon, am botal air a cheann – ì ail-i, ù ail-i, an dileag ud. Thuirt e ris fhèin: Chan eil seo gu feum – èiridh mi is thèid mi a choinneamh an t-saoghail. Agus leis a sin, agus tarraing mhòr eile on bhotal, thug e an staidhre air, a' feadalaich 'Kate Dalrymple' agus 'Niel Gow's Farewell to Whisky'.

22.07

Thàinig boireannach spàg-chasach suas an cabhsair, steall bho na bootees. Beinn a' cheathaich anns an uisge anns an oidhche ann am bootees. Bha sgrios de phocannan plastaig aice, 's chaidh i a-steach dhan taigh san robh an t-òl 's a' cheò 's na h-uinneanan. Cha robh bòilich, glòir air thalamh ann, gu 'n uair sin.

Thàinig tagsaidh gu taobh a-muigh an taigh.

Seo e, thuirt an dràibhear. An clobhsa seo.

Chunnaic e tagsaidh eile a' lùbadh a-steach aig ceann shuas na sràid agus a' stad. Bha e ga leantainn bho dh'fhàg iad Donati's.

Fuirich ann an sin, thuirt an duine, a' tarraing sìos an trilby. Bha an dràibhear airson innse dha mun tagsaidh a bha ga leantainn, ach cha b' urrainn dha. Na b' fheàrr a bheul a chumail dùinte agus dèanamh mar a theireadh a' chùis-uabhais.

Cho luath 's a chaidh e às an t-sealladh a-steach an clobhsa, chunnaic an dràibhear an tagsaidh eile a' tighinn suas gu sàmhach gu chùlaibh. Leig e às duine bacach nach b' aite gnùis 's nach b' eireachdail. Bha e dubh bho bhàrr a chinn gu sàil na coise crùbaich: duine air cheann gnothaich, ann an cabhaig a' tarraing uime miotagan dubha leathair. Choinnich an sùilean san dol seachad dha a-steach às dèidh an fhir eile. Agus dh'aithnich an dràibhear an uair sin gu robh e ann an cunnart, 's nach b' e seo baile a mhaireadh agus thuirt e ris fhèin, To hell . . . a' bualadh air falbh aig peilear a bheatha. Shaoil leis gun cual' e an ràn a bhios aig càraichean nam poileas. Cha chual' e idir am Beretta ga leigeil no a' ghlaodhaich iutharnail a thàinig às dèidh sin.

22.10

Chuir iad fàilte air a' bhourbon. Am fògarrach a thàine leis, cha d' fhuair e àite. 'S cha do dh'òl iad a dheoch-slàinte. Dh'fhàg fear nan uinnean na h-uinneanan a' losgadh, agus spìon e am botal on fhear chnàmhach. Leum am fear cnàmhach air, 's an dèidh slaodadh is tarraing is dha na thrì charan an aghaidh na grèine, thuit iad chun an làir – dà aiseal ann an lèig lager, a' slàraigeadh air càch-a-chèile. Thàinig e a-steach air fear a' bhourboin a dhol a shàbhaladh a' bhotail, ach smaoinich e an uair sin nach bu theiche dha, gu robh e air an t-slighe a-mach co-dhiù a' dol a choinneamh an t-saoghail. Lorgadh e Riach. Dhèanadh iad suidhe. Dhèanadh iad bruidhinn. Mus cuireadh e an ceann às an amhaich aige.

— Hee! dh'èigh an duine le na tionaichean. Beans!

Bha i na seasamh anns an doras, a' lìonadh an dorais, boireannach mòr nam pocannan plastaig. Thuirt i gu robh gu dearbha beans aice dha, an robh i a' dol gan dìochuimhneachadh, an robh? Na measan a bu cheòlmhor, binn.

— Beans!

— Braich! dh'èigh an dà arrachd eile, air an casan caol a-rithist, na h-iosgaidean a' critheadaich, critheadaich an cùl a' chinn.

Thuirt i gu robh gu dearbha braich aice, na galain dheth, a chumadh iad a' dol fad na h-oidhche fada dhan mhadainn, litre an dèidh litre dheth gu bràth gus an spùtadh e na theine teth a-mach air an cluasan! Nach robh i math dhaibh – pòg-pòg, pòg bhon a h-uile fear, nae French.

— Well, arsa Jacques MacDaniel, chan ann sgìth dha ur

cuideachd, ach 's fheudar dhòmhsa togail orm. 'S cho luath 's a labhair e, thàinig aithreachas; duilich gun dh'fhosgail e a bheul.

Bha iad ga choimhead.

Bha iad ga aithneachadh.

A dhìreadh nam Pentlands, thuirt e.

Thuirt an Anarag gum b' ann leise-san, homh!, a bha an còta a bh' air a' mhadadh.

Agus thuirt an Cnàmhach ris a' bhoireannach:

— Carson, ma mharbh thu mac ifhreann, nach do mharbh thu e ceart?

— Sssghlomh! thuirt e.

— Mur do mharbh, marbhaidh! ars am Bouille de Soeuf, a' leigeil sìos nam pocannan, a' dubhadh an dorais 's an t-saoghail air an duine. Bu dìomhain dha feuchainn ri teiche, ged a dh'fheuch e: chrom e a cheann is dh'fhalbh e na dheann nan coinneamh. Ach cha do thog e astar math, cha d' fhuair spionnadh no idir neart, agus leag iad e.

Thàinig i sìos air a mhuin. Bha teàrnadh iongantach an siud, ultach nan ochd clach deug le uspairtich: Avalanche, a dhuine, mar a chanadh Tormod Mhurchaidh Ruaidh bràthair a sheanar. Fhuair na h-asnaichean am bruthadh nach b' fheàirrd' iad agus laigh e na chlod – foetal, finito – air a chliathaich. Chluinnte cràidh agus gàirich ghoirt.

Ach cha b' ann bhuaithesan a-mhàin: chaidh falbh leis an Anarag air ghoic amhaich 's leis a' Chnàmhach mar an ceudna; 's chaidh an cinn a sgailceadh ri chèile agus an tilgeadh air ais dha na lòin lager ann an tuainealaich às nach tilleadh iad a' chiad ghreis. Agus ise – a thogadh 's a shadadh bolla mine, poca saimeant, clach-chinn an oisein: leig i às a grèim agus leig i aiste sgreuch agus smaoinich an duine a bha air a bhith flat gun anail fòidhpe: À, oxygen! Chaidh a sàthadh chun dàrna taobh chun an t-sòfa, tron an t-sòfa, na bootees an-àirde slàintc na drathars odhar. Agus smaoinich e: Cò idir a tha seo a thàinig 's a rinn fuasgladh orm am fheum?

Thionndaidh e na èiginn gu dhruim gus am faiceadh e a shlànaighear. Agus chunnaic e Shrapnel an sin. Walter Anthony, trom-laighe agus trom-èirigh.

Chaidh e air mhiathapadh. Thòisich rudan a' ruith nam broileis tro cheann: cha bu mhise a bh' ann! Mo mhionnan air Dia a th' ann an nèamh!! William James Smith, esan a rinn e, esan a thug orm . . . faighnich dhan an leadaidh-miseanaraidh, faighnich dha Ulla – chan innseadh ise breug, thigeadh breitheanas oirre!

Bha Shrapnel a' toirt sgian às a phòcaid, flick knife – faobharach, caol, cho glan ris a' phrìne – clig.

— Get up.

Cha b' urrainn dha. Cionnas a b' urrainn dha? Le na h-asnaichean – asnaichean – mar a bha iad . . .

Fhuair e gob na bròig eadar na casan.

Chuir e peiriligean air, hearse a' dol seachad le ràn air an t-sràid a-muigh. Chluinnte gul.

— Get up.

'S bha e air a ghlùinean: O Dhè, deònaich . . . deònaich nach bi thu nam aghaidh.

Bha Fatsboy a' seinn: All'alba vincerò! A shùilean a' sileadh fala. Thuirt Eòin Iosèphus: All of Alba, a Mhòrag, 's na ho-ro gheallaidh, m' eudail . . .

Agus an uair sin guth cruaidh Gallta à cùil-shràidean a' bhaile.

'S cha b' e pioc broileis-cinn a bh' ann; cha b' e gin a bhruaillean; bha an duine a-staigh, air an stairsich, 's bha a ghnothaich ri Shrapnel.

— Remember me, you bastard?

B' e seo, ma-thà, mu dheireadh thall an uair agus a' mhionaid. Ged nach b' ann an Tombstone air an t-sràid, ged nach b' ann aig àird a' mheadhain-latha, bha an t-àm a-nis gun teagamh sam bith air teachd.

— Buster Hind, thuirt Buster Hind na ghuth fhèin. Thrèig Sean Connery e.

— Remember Fairlies, you bastard?

Thog Shrapnel bil na h-aid le corrag agus sheall e ris. Chunnaic e far an robh a làmh air a' ghunna ann am pòcaid a' chòta. Chunnaic e na brògan.

— Well? arsa Shrapnel.

Bha a shùilean fuar. Bha sgian aige.

Dh'fhairich Buster Hind crith a' dol troimhe. Dh'fhairich e fuachd, mar a dh'fhairich aon uair

Charlton H. Bulloch

Arthur James MacIlwraith

Francis Ignatius Coyle

agus Riach, John – gus an sgaoil na sgàilean.

— Tell you what, you hirplin' wee shite, arsa Shrapnel a' dol thuige. I'll fix the other one for you.

Tharraing Hind an gunna.

Sheall Shrapnel ris 's rinn e gàire nimheil, gàire tàireil.

— Look at him! ars esan. Look at the tough guy – wi' a lady's gun!

Cò bha dol a shealltainn?

An duine bha droll – tachais is plonk – nach do thog a shùil bho na tionaichean a bha e a' cunntadh; agus am boireannach treun, a thàinig timcheall 's a dh'iarr Panadol? Bha càch nan sìneadh air a' bhlàr is cha do charaich gus na thòisich an gunna a' losgadh. H-abair onghail an uair sin, a mhic onfhaidh – glaodhaich dhaoine, ceò is pronnasg.

Bha Buster Hind a' sgreuchail, a' dol an comhair a chùil, am Beretta a' lasadh na làimh.

Cha robh Shrapnel a' tuiteam, ach a' gluasad thuige ceum air cheum.

Bha na peilearan a' dol a h-uile taobh. Chaidh fear a thaobh D/S Tait nuair a bhris e a-steach dhan fhàrdaich. Bha e deiseil le a ghunna fhèin, ach thàinig am peilear ud agus thuit e. Ruith WPC Turnbull thuige; dh'fhuirich an dithis eile – PC Ritchie agus PC MacCafferty – reòthte ris a' bhalla, an gunnaichean an-àirde. Bha an duine droll a' sadadh nan tionaichean 's ag èigheachd 's a' mionnan dha oxtail soup. Bha fear na h-anarag 's a charaid cnàmhach gu cabhagach critheanach a' dèabhadh botal plonk. Bha am boireannach mòr armaichte le cas bùird, ullamh gu gearradh cloigne is smòis is fèitheannan. Agus fear a' bhourboin, a dh'aindeoin pian is dòrainn, bha esan air a cheann a thogail 's a' coimhead ris a' chluich uabhasach a bha a' gabhail àite thall aig an stòbha.

Cha robh Shrapnel a' tuiteam.

Bha e làn thollan, ach cha robh e a' tuiteam. Cha robh e fiù 's a' lùbadh.

Bha Buster Hind a' lùbadh.

Bha Buster Hind a' call a lùiths agus a' lùbadh. Rug Shrapnel air mun amhaich agus thuit an gunna.

Sguir an sgreuchail. Sguir an èigheachd.

Bha iad gu lèir, le eagal is uabhas, a' faicinn Shrapnel a' fàsgadh air sgòrnan an duine le aona làimh, a bha mar an stàilinn. Bha an sgian anns an tèile, faobharach caol. Rinn e reubadh an cliathaich a' chòta agus chunnaic iad e a' sàthadh na sgithinn suas eadar na h-asnaichean. Chunnaic iad an fhuil a' spùtadh agus a' dòrtadh. Fuil Buster Hind agus fhuil fhèin cuideachd.

Na bh' ann dhith. O, gu sealladh Dia ort, na bh' ann dhith!

23.40

Bha e na laighe air a dhruim agus a' cluinntinn guth a' bhròin le osnaich ga chronachadh:

— Cha b' e siud a dh'fhoghlaim thu od òige, a dhil-dèirig na bochdainn. Dè chanadh iad nam biodh iad gad fhaicinn a-nis mar sin mar a tha thu? O mo nàire agus mo mhasladh . . .

Dh'fhosgail e a shùilean agus chunnaic e i na h-uile chumhachd agus thug a chridhe grad-leum as! Chaidh gathan goirt tro chorp, cha mhòr nach deach e fo laige.

— 'S math an airidh, thuirt i.

Sheall e rithe. Bha *E.J. Mackay* sgrìobht' air a broilleach.

— Co-dhiù, thuirt i, 's math d' fhaighinn beò. Ged a bha an guth trom, sòlamaicht', bha a sùilean làn dhan fhear-mhillidh.

— D' ainm, ars esan. Dè tha sin, E.J.?

— Uffie Joan, thuirt i, a' tionndadh air falbh. Chan e gur e càil dha do ghnothaich-s' e.

— Hoigh! dh'èigh e às a deidh. 'Eil an trèan' ud fhathast a' ruith eadar Queen Street is Mallaig? A' fàgail tràth anns a' mhadainn!

Ma chual' i e, cha do leig i oirre.

Thionndaidh i sìos an solas, dhùin i an doras agus dh'fhalbh i. 'S bha e leis fhèin.

Bha e toilichte a bhith leis fhèin, a' smaoineachadh air an trèana – Cowlairs, Crianlarich – 's fear de dh'òrain Eòin Iosèphus a' cinneachadh na chom:

Bheir mi hò, ro-bha hò,
'S mithich dhuinn èirigh,
Mo nighean donn.

'S mithich dhòmhsa dhol dhachaigh,
Tha mi fad' air mo chèilidh,
Mo nighean donn.

Bheir mi hò, ro-bha hò,
Hinim bo hè rim,
Mo nighean donn.